KB034858

내 인생을 빛이 되게 하는

성경 명언

내 인생을 빛이 되게 하는
성경 ✦ 명언

Words of Wisdom in the Bible

김자 지음

MIRAE
BOOK

나를 잘되게 하는 인생의 빛
참 좋은 말씀

세계에서 가장 많이 읽히고, 가장 많이 팔린 성경. 성경은 구약 39권, 신약 27권, 총 66권으로 이루어진 방대한 분량의 책이다. 성경이 위대한 것은 성경에는 삶, 우주, 예술, 문학, 인문, 법, 가정, 사랑, 충효, 형제간의 우애, 윤리와 도덕, 자기계발, 교육, 지혜, 우정, 봉사, 결혼 등 모든 것이 총망라해 있기 때문이다.

성경은 기독교인들에겐 필독서이며 반드시 소장해야 하는 애독서이다. 뿐만 아니라 비기독교인들도 한 번쯤은 반드시 읽어야 할 책이다. 특히 문학을 하는 사람들은 반드시 읽어야 한다. 성경에는 한 편 한 편이 매우 뛰어난 시詩로 구성된 시편을 비롯해 지혜로 가득한 잠언서가 있기 때문이다.

성경을 읽지 않고 산다는 것은 지금보다 더 나은 삶을 살 수 있는 기회를 스스로 포기하는 것과 같다. 그만큼 성경은 인간에게 유익한 삶의 보고寶庫이다. 그러나 비기독교인들이 성경을 읽기란 쉽지 않다. 이에 나는 기독교인들은 물론 비기독교인들도 손쉽게 접할 수 있도록 좋은 성경 말씀을 가려 뽑아 그에 맞는 다양한 이야기를 넣어 성경을 접하는 것은 물론 자아를 발견하고 자기계발을 꾀할 수 있게 구성하여 썼다.

이 책을 읽다 보면 주옥같은 성경 구절을 마음에 새길 수 있어 지친 마음을 위로받을 수 있고, 지혜와 용기와 자신감을 얻을 수 있다. 또한 어떻게 사는 것이 참되게 사는 것인지에 대해 생각하게 됨으로써 마음을 다스리는 데도 큰 도움을 받을 수 있을 것이다.

삶은 새로워지기 위해 노력하는 자에게 더 많은 기회를 준다. 이 책이 지금과는 다른 삶을 추구하는 이들에게 작은 힘이라도 되었으면 좋겠다. 또 나아가 믿음을 기르는 데 작은 보탬이 되었으면 한다.

이 책을 대하는 모든 이들에게 행복과 축복이 함께하길 기원한다.

Contents

Chapter 1
기도하고 꿈꾸는 대로 행동하라

Chapter 2
생활의 활력을 얻는 참 좋은 믿음의 법칙

Chapter 3
참고 견디어 마음을 굳건히 하라

Chapter 4
지혜는 진주보다 귀한 인생의 보석이다

Chapter 5
순리의 미덕, 모든 것은 다 때가 있다

Chapter 6
사랑하라, 한 번도 슬프지 않은 것처럼

Chapter 7
아침 기도로 하루를 활짝 열고 즐겁게 시작하라

Chapter 8
감사한 마음으로 살면 감사한 일이 생긴다

CHAPTER 1

기도하고
꿈꾸는 대로
행동하라

심령이 가난한 자는 복이 있나니
천국이 그들의 것임이요

_마태복음 5장 3절

마음을 씻어 가난한 마음이 되게 하라

자본주의의 발달은 문명의 이기를 가져옴으로써 인간의 삶에 큰 변화를 주었다. 첨단과학의 발달은 삶 구석구석마다 편리함을 심어 주었고, 의술은 인간의 수명을 인위적으로 연장시킬 만큼 크게 발전하였다.

먹는 것, 입는 것, 타는 것, 즐기는 것 등의 생활패턴도 다양한 모습으로 인간의 삶을 바꿔놓았다. 이러한 변화는 인간들의 삶에 긍정적인 변화를 불러일으켜 보다 더 행복한 삶으로 이끌어 준다.

하지만 그 반면에 인간의 마음은 도덕적으로 급격히 타락하고 있다. 자신의 이익을 위해서라면 하루아침에 양심을 저버리고, 해서는 안 될 일도 거리낌 없이 한다. 이기적인 생각이 마음을 더럽혀 놓은 것이다. 이러한 마음을 그대로 두었다가는 자신이 원하는 삶을 살 수 없다.

생각해 보라. 마음이 더러움으로 가득 찼는데, 그런 마인드로 어떻게 맑은 삶을 살아갈 수 있겠는가?

마음이 맑지 않으면 삶이 평화롭지 못하다. 평화롭지 않은 마음으로는 그 아무리 좋은 걸 손에 넣었다 하더라도 진정한 행복을 느낄 수 없다.

고대 그리스 철학자인 에픽테토스는 "마음의 평화는 헛된 욕망에 의해 생기는 것이 아니라, 욕망을 버림으로써 얻어지는 것이다."라고 했다. 아주 적확한 지적이 아닐 수 없다. 에픽테토스의 말처럼 마음의 평화는 헛된 욕망을 버림으로써 얻어지는 것이다. 그러나 대부분의 사람들은 이러한 진실을 외면하고 헛된 욕망으로 마음의 평화를 얻으려고 한다.

어떤 대학생이 길을 가다 가방을 주었다. 학생은 가방을 열어보고는 깜짝 놀랐다. 가방 속에는 이천만 원이 넘는 돈이 들어 있었다. 대학생은 돈을 잃어버린 사람이 얼마나 속상해할까, 생각하며 바로 주변에 있는 파출소로 찾아가 돈을 습득하게 된

경위를 말하고 꼭 주인을 찾아 줄 것을 부탁했다.

그러고 나서 이틀 후 가방을 잃어버린 사람이 나타났다. 그는 작은 회사를 경영하는 사장이었다.

사장은 고마운 마음에 사례비를 대학생에게 건넸다. 그러나 대학생은 당연한 일을 했을 뿐이라며 끝내 돈을 받지 않았다. 그러한 모습에 사장과 경찰들은 크게 감동하였다.

또 다른 이야기이다.

어떤 사람이 친구에게 삼천만 원을 꾸었다. 친구라는 이유 하나만으로 차용증서도 쓰지 않았다. 그러던 어느 날 돈을 빌려준 친구가 갑작스레 세상을 뜨고 말았다. 소식을 듣고 돈을 빌린 친구는 회심의 미소를 지었다. 돈을 갚을 친구가 없으니 갚지 않아도 된다고 생각했던 것이다. 그러나 비밀은 없는 법, 죽은 친구의 아내가 남편의 유품을 정리하다 남편이 자신도 모르게 빌려준 돈의 액수가 담긴 비밀 노트를 발견한 것이다. 그로 인해 갑작스런 남편의 죽음으로 묻힐 뻔한 사실이 드러났다. 아내는 남편의 비밀 노트에 적힌 사람들로부터 돈을 받아냈다.

친구의 죽음을 이용하려고 했던 나쁜 친구의 계획은 여지없이 깨졌을 뿐만 아니라 그는 주변 사람들에게 심한 질책을 받으며 다른 곳으로 이사를 가야만 했다.

두 이야기를 통해 사람이 왜 마음을 깨끗하게 해야 하는지를 잘 알 수 있다. 바로 자신을 행복하게 하기 위해서이다. 한 번 더 럽혀진 벽지는 새로 도배를 하지 않는 한 계속해서 지저분한 것처럼 마음이 더러워지면 마음의 평화는 사라지고 더러운 욕망이 이끄는 대로 할 수밖에 없다.

날마다 마음을 깨끗하게 씻어야 한다. 마음을 깨끗하게 씻기 위해서는 시간을 내어 고요히 묵상하는 것이 필요하다. 골방에서도 좋고, 남에게 방해받지 않는 곳이라면 어디든 상관없다. 또한 마음을 맑게 해 주는 책을 읽어라. 잘못된 마음을 바로잡아 줄 것이다.

심령이 가난하다는 것은 마음이 가난하다는 뜻이다. 마음이 가난한 사람은 남의 것을 탐하지 않는다. 마음이 가난한 사람은 마음이 맑고 깨끗하기 때문이다. 마음이 깨끗한 꼭 그만큼만의 행복이 당신을 찾아갈 것이다.

모든 불행은 탐욕에서 온다. 탐욕을 버리는 것만이 불행을 막는 길이다. 탐욕을 버리기 위해서는 날마다 자신을 돌아보고, 더럽혀진 마음을 깨끗이 씻어내야 한다. 깨끗한 마음이 곧 행복인 것이다.

화평하게 하는 자는 복이 있나니
그들이 하나님의 아들이라
일컬음을 받을 것임이요

_ 마태복음 5장 9절

마음의 평안을 얻는 것이 곧 축복이다

많은 사람들이 늘 마음이 불안하고, 무언가에 쫓기는 듯 살아간다고 말한다. 그래서 삶이 불행하다고 여긴다. 마음에 평안이 없기 때문이다. 마음의 평안은 저절로 얻어지는 것이 아니다. 또한 물질에 있는 것도 아니고, 권세에 있는 것도 아니다.

그렇다면 마음의 평안은 어디에서 오는 걸까? 그것은 곧 자신의 만족에서 온다. 그렇다면 자신의 만족은 또 어디에서 오는 것일까? 그것은 자신이 어떻게 살아가느냐에 따라서 온다. 다시 말해 자신이 만족할 수 있는 삶을 살아갈 때만 얻게 되는 축복이다.

많은 돈을 쌓아놓고도 자신은 불행하다고 고백하는 사람들을 종종 만나게 된다. 그런 사람들에게는 한 가지 공통점이 있다. 은행 금고에 돈을 쌓아놓고, 넓은 집에서 호의호식하며, 남들이 갖지 못한 것을 쥐고 살아도 상대적인 박탈감에 시달린다는 것이다.

왜 이러한 현상이 일어나는 것일까. 그것은 그들이 돈을 벌 줄만 알았지, 쓸 줄은 모르기 때문이다. 돈을 버는 재미만큼 돈을 쓰는 재미 또한 크다. 여기서 돈을 쓴다는 것은 돈을 잘 쓰는 것을 말한다. 돈을 잘 쓴다는 것은 자신을 위해서가 아니라 타인을 위해서, 사회를 위해서 쓰는 것을 말한다. 그런데 이들은 자신을 위해 쓰는 데는 익숙하지만 타인과 사회를 위해서는 쓸 줄을 모른다. 그러다 보니 더 큰 즐거움을 알지 못하는 것이다.

록펠러 재단을 세우고 학교를 짓는 등 사회사업가로 행복한 말년을 보내며 미국에 기부문화를 불러일으킨 1세대인 존 데이비슨 록펠러. 그 또한 인색하기 짝이 없는 사람이었다. 매점매석으로 많은 사람들로부터 비난을 받고, 바늘로 찔러도 피 한 방울 나오지 않을 만큼 수전노였다. 그랬던 그가 병에 걸려 생명을 오래도록 부지하기 어렵다는 말을 듣게 되었다. 그 순간 그는 아무리 많은 돈도 죽음 앞에는 하등의 가치가 없는 종이에 불과하다는 것을 깨달았다.

이후 그는 이제껏 살아온 삶에서 완전히 방향을 바꾸어버렸다. 꽁꽁 묶어두었던 돈을 풀기로 한 것이다. 그는 이러한 자신의 생각을 공표하고 록펠러 재단을 세우고 하나씩 하나씩 실천에 옮기기 시작했다. 그러자 돈을 쓰는 게 그렇게 즐거울 수가 없었다. 돈을 벌 때보다 한층 더 즐거웠다. 그는 그야말로 돈 쓰는 재미에 푹 빠져 지냈다. 그런데 놀라운 일이 벌어졌다. 얼마 남지 않았다고 한 그의 생명이 백 세에 가깝도록 사는 놀라운 축복으로 변화하였던 것이다. 마음의 평안을 얻고 하루하루를 행복하게 산 결과이다.

　록펠러와 같이 자신의 삶을 바꿈으로써 이제까지와는 완전히 다른 삶을 사는 사람들은 하나같이 말한다.

　"생각을 바꾸자 삶이 완전히 달라졌습니다. 그땐 왜 몰랐을까요. 나는 지금 너무 행복합니다. 지금의 내 삶을 그 어떤 것과도 바꾸지 않을 것입니다."

　우리는 이들의 말에 귀를 기울여야 한다. 이들은 그 누구보다도 돈 버는 일에 관해서는 귀재이다. 그랬던 그들이 이렇게 말한다는 것은 그 어떤 말보다도 설득력이 있다.

　독일의 시인인 요한 빌헬름 루트비히 글라임은 말했다.

　"남을 행복하게 하면 자기의 행복은 더 커진다."

그의 말처럼 남을 행복하게 하면 자신은 더 큰 행복을 얻고, 그 충만한 행복에서 참된 마음의 평안을 얻는 것이다. 마음의 평안을 앉아서 기다리지 마라. 이런 사람에게는 그 어떤 평안도 찾아오지 않을뿐더러 간혹 온다 하더라도 이내 가버린다.

마음의 평안은 곧 나를 내려놓음으로써 얻게 되는 삶의 축복이다.

누군가를 위해 자신을 헌신하는 것은 아무나 할 수 있는 일이 아니다. 사랑의 마음과 평안한 마음을 갖지 않으면 절대 할 수 없는 일이기 때문이다. 평안한 마음을 길러라. 평안한 마음은 사랑을 나누는 행복한 일에서 온다.

비판을 받지 아니하려거든 비판하지 말라

_ 마태복음 7장 1절

비판은 자신도 남도 고통이 되게 한다

인간관계에 있어 조심해야 할 것 중 하나가 남을 비판하는 것이다. 비판은 상대방의 심기를 불편하게 만드는 일로 자제해야 한다. 그렇다면 사람들은 왜 비판에 민감한 것인가. 비판은 인격을 모독하는 행위라고 생각하기 때문이다. 사실, 비판으로 인해 불미스러운 일이 많이 일어난다.

지금 우리 사회는 남을 험담하는 일로 인해 곤혹을 치루는 사람들이 연일 뉴스와 신문, 인터넷을 통해 오르내리고 있다.

특히, 정치하는 사람들의 입은 제동장치가 고장 난 자동차와 같아 보인다. 깊이 생각하지 않고 생각나는 대로 말한다. 그러다 보니 거친 말도 나오고, 여성을 비하하는 말도 나오고, 남을 깎아내리는 말도 여과 없이 쏟아져 나온다. 이는 성숙하지 못한 행동에 따른 것이다.

비판은 상대방을 분노하게 하고 동시에 자신을 죽이는 일이다. 자신이 한 말 때문에 유권자들로부터 철저하게 외면받는 이들이 이를 잘 보여 준다.

스스로를 제어할 수 없다면 차라리 입에 재갈을 물려라. 그것만이 자신의 가벼운 입을 막을 수 있는 유일한 방법일 것이다.

훌륭한 대통령의 대명사인 에이브러햄 링컨도 한때는 남을 흉보고 나쁘게 말한 적이 있다. 그에 대한 이야기이다.

링컨은 자신의 정적인 제임스 쉴드라는 사람을 얼빠진 이라고 비난했다. 이 소문을 듣고 화가 난 쉴드는 링컨에게 결투를 신청했다. 링컨은 겁이 났지만 겁쟁이란 소리를 들을까봐 결투에 응했다. 속으로는 덜덜 떨면서 말이다. 하지만 다행히도 주위에서 말려 결투는 일어나지 않았다.

이 일로 링컨은 자신의 경솔함을 크게 반성했다. 그리고 절대로 남을 비판하지 않겠다고 다짐했다.

그 후 링컨은 사람들을 칭찬하고 격려했다. 그러자 사람들은 링컨을 존경했다. 대통령이 된 링컨은 국민을 진정으로 아끼고 사랑하여, 길이 남는 훌륭한 인격자가 되었다.

"비판은 자존심을 상하게 한다."

탁월한 자기계발전문가인 데일 카네기의 말이다. 카네기의 말에서 보듯 비판은 자존심을 상하게 할 만큼 나쁜 것이다. 그러기에 그 대상이 보이지 않는 곳에서라도 욕을 하거나 흉보는 것을 삼가라. 그것은 아주 비겁한 일이다.

남을 잘 비판하는 사람들 역시 누군가 자신을 비판하면 불쾌하게 생각한다. 자신은 남을 비판하면서 자기를 비판하지 못하게 한다는 것은 이율배반적이며 매우 이기적인 일이 아닐 수 없다.

비판받고 싶지 않다면 절대로 비판하지 마라.

비판은 남도 죽이고 자신도 죽이는 백해무익한 행위이다. 비판은 그 어떤 이유로도 정당화될 수 없다. 순조롭고 아름다운 인간관계를 위해서는 반드시 비판을 삼가야 한다.

**그 주인이 이르되 잘하였도다
착하고 충성된 종아
네가 적은 일에 충성하였으매
내가 많은 것을 네게 맡기리니
네 주인의 즐거움에 참여할지어다**

_마태복음 25장 21절

작은 일에도 최선을 다하는 마음

작고 보잘것없는 일은 무조건 무시하고 등한시하는 사람들이 있다. 물론 누구에게나 작고 보잘것없는 일은 눈에 차지 않는다. 그러나 작은 것이 있으므로 큰 것 또한 있는 법이다. 지금 많은 사람들이 선망하는 일도, 선망하는 기업도 처음엔 보잘것없었다. 지금의 현대그룹을 일으킨 시초는 쌀가게였다. 정주영은 빈 털터리로 고향인 강원도 통천을 떠나 상경하여 신뢰, 성실만으로 쌀가게를 마련하였고, 그 쌀가게가 기초가 되어 오늘날 세계적인 기업이 된 것이다.

그런데 이런 과정은 생각지도 않고 처음부터 크고 좋은 일부터 하려고 드는 사람들이 있다. 그 일이 자신의 능력 밖의 일일지라도 자리부터 따지고 보는 것이다. 이런 자세는 매우 잘못된 것이다. 진정 자신을 사랑한다면 일의 겉모습과 자리에만 집착할 필요는 없다.

"요즘 정말 죽을 맛입니다. 일거리는 넘치는데 일할 사람이 없어요. 중소기업이라는 이유만으로 젊은이들이 당최 관심을 가지려고 하지 않습니다. 일자리를 놔두고도 청년 실업률을 운운한다는 것은 무언가 잘못돼도 한참 잘못됐지요. 지나가는 개가 웃을 일입니다."

어느 중소기업 사장의 말이다. 일할 사람이 없어 일부 기계를 가동시키지 못하는 심정은 가뭄에 곡식이 말라가는 것을 바라봐야만 하는 농부의 마음과 같을 것이다.

이런 일이 팽배한 것은 중소기업이 작고 보잘것없는 것이라는 젊은이들의 그릇된 생각에 따른 것이다. 그러다 보니 빈둥빈둥 놀면서도 일할 곳이 없다고 하소연하는 웃지 못할 일이 벌어지고 있다. 참으로 안타까운 일이 아닐 수 없다.

다음 이야기는 일의 중요함은 일의 좋음과 일의 성격에 있는 것이 아니라, 어떤 일이라 할지라도 자신에게 주어진 일은 최선을 다해야 한다는 것을 잘 보여 준다.

어떤 사람이 외국을 가면서 일꾼들을 불러 모았다. 그리고 일꾼들의 능력에 따라 자신의 재물을 맡겼다. 첫 번째 사람에게는 금 다섯 달란트, 두 번째 사람에게는 금 두 달란트, 세 번째 사람에게는 금 한 달란트를 맡겼다.

금 다섯 달란트를 받은 사람은 장사를 하여 다섯 달란트를 벌어 열 달란트가 되었다. 두 달란트를 받은 사람도 두 달란트를 벌어 네 달란트가 되었다. 그러나 한 달란트 받은 사람은 금을 땅에 묻어 두었다.

외국에서 돌아온 주인은 일꾼들을 불렀다. 다섯 달란트를 받은 사람은 다섯 달란트를 벌었다고 말했다. 그러자 주인은 잘했다고 칭찬했다. 두 달란트를 받은 사람이 두 달란트를 벌었다고 말하자 그 역시 잘했다고 칭찬해 주었다. 그리고 더 많은 것을 맡기겠다고 말했다.

그러나 받은 한 달란트를 그대로 땅에 묻어둔 사람에겐 게으르다며 꾸중을 하고는, 그가 가진 것을 다섯 달란트 받은 사람에게 주라고 했다.

주인이 다섯 달란트, 두 달란트 받은 사람을 칭찬하고 인정한 것은 작은 일에 최선을 다하는 사람은 그 어떤 일을 맡겨도 잘할 수 있다는 믿음 때문이다.

'천릿길도 한 걸음부터 시작된다.'고 했다. 그렇다. 천리나 되는 길도 첫걸음을 떼어놓음으로써 시작하는 것이다. 만약 첫걸음을 떼어놓지도 않고 포기한다면 그 길은 영원히 갈 수 없다.

자신이 원하는 일이 주어진다면 그것처럼 감사한 일은 없을 것이다. 그러나 원하는 일이 아니더라도 무언가를 할 수 있는 일이 주어진다면 최선을 다하라. 최선을 다하다 보면 반드시 원하는 일을 하고 있는 자신을 발견하게 될 것이다.

일의 크기가 중요한 것이 아니다. 비록 작고 보잘것없는 일이 주어지더라도 망설이지 말고 일을 시작해야 한다. 그 일이 당신의 인생을 바꿔놓을지도 모른다. 어떤 일에도 최선을 다하라.

그러나 먼저 된 자로서 나중 되고
나중 된 자로서 먼저 될 자가 많으니라

_마가복음 10장 31절

한번 시작한 일은 멈추지 말고 끝까지 하라

"승리는 끝까지 하는 자에게 돌아간다."

프랑스의 영웅 나폴레옹 보나파르트의 이 말은 무엇이든 끝까지 하는 것이 중요하다는 것을 의미한다. 가령 자동차를 만들 때 모든 것은 다 되었는데 바퀴가 장착되지 않았다면 그 자동차는 무용지물일 뿐이다. 바퀴 없이는 단 1미터도 움직일 수 없기 때문이다. 자동차를 움직이게 하기 위해서는 반드시 바퀴를 장착해야 한다. 여기서 바퀴를 장착한다는 것은 끝까지 일을 마무리 짓는 것을 의미한다.

한 번 좋은 결과를 얻게 되면 항상 그럴 거라고 착각하며 노력을 게을리하는 사람이 있다. 반면에 비록 늦게 시작했지만 열심히 노력한 끝에 먼저 시작한 사람보다 좋은 성과를 내는 사람도 있다. 이를 잘 알게 해 주는 이야기이다.

올림픽 수영 종목에서 금메달을 가장 많이 딴 미국의 마이클 펠프스를 보자. 그가 따낸 메달 수를 뛰어넘는 선수는 아직까지 없다. 그런 펠프스도 베이징올림픽 400미터 자유형 종목에서 일등 자리를 내주고 말았다. 바로 우리나라 박태환 선수다.

그때의 감동이 아직도 손에 잡힐 듯 생생하다. 그도 그럴 것이 박태환의 400미터 금메달 획득은 우리나라 올림픽 수영 역사상 최초였기 때문이다. 비록 박태환은 늦게 수영을 시작했지만, 열심히 노력한 끝에 먼저 시작한 마이클 펠프스를 넘어선 것이다.

미국여자프로골프 LPGA의 여제였던 애니카 소렌스탐.

그녀는 LPGA 역사상 최고의 선수로 꼽히는 백전노장이다. 그런데 그녀의 독무대였던 LPGA의 역사를 새로 쓴 선수가 있었다. 그 선수는 가난한 형편에도 골퍼의 꿈을 안고 오직 골프에만 전심전력을 투구하였다. 담력을 기르기 위해 컴컴한 밤중에 산길을 걷는 등 자신의 꿈을 위해 최선을 다했다. 그렇게 해서 실력을 쌓은 그녀는 드디어 여자골프의 꿈의 무대인 LPGA에 진출하였고, 마침내 철옹성과도 같았던 애니카 소렌스탐을 무너뜨리고 자신의 시대를 활짝 열었다. 바로 박세리 선수이다.

박세리 선수는 승승장구하여 한동안 자신의 독무대를 이루며 전 세계 골프대회를 석권하고 아시아 선수로는 최초로 골프의 전당에 헌정되었다.

무슨 일이든 먼저 시작하고 나중에 시작하고는 그렇게 중요하지 않다. 정말로 중요한 것은 한 번 시작한 일은 무엇이든 끝까지 하는 자세이다. 한결같은 마음으로 끝까지 해내는 자세를 견지하라. 이것이 성공의 비결이다.

무슨 일이든 성과를 내기 위해서는 끝까지 해야 한다. 힘들다고 도중에 포기한다면 그 어떤 결과도 얻지 못한다. 이 세상에 존재하는 모든 문명은 끝까지 함으로써 이뤄낸 아름다운 결과물이다. 자신이 하는 일에서 좋은 결과를 얻기 위해서는 끝까지 하는 자세를 견지하라.

그러므로 내가 너희에게 말하노니
무엇이든지 기도하고 구하는 것은
받은 줄로 믿으라
그리하면 너희에게 그대로 되리라

_ 마가복음 11장 24절

기도하고 꿈꾸는 대로 행동하라

"꿈을 꿀 수 있다면 행동할 수 있고, 행동할 수 있다면 원하는 대로 될 수 있다."

신문사 기자 출신에서 자기계발 동기부여가로 성공하여 많은 사람들에게 꿈을 심어 준 나폴레온 힐의 말이다. 나폴레온 힐은 당시 최고의 부자였던 앤드류 카네기의 제안을 받고 오랫동안 연구하고 노력한 끝에 부자가 되는 비법을 탐구한 책《생각하라! 그러면 부자가 되리라》를 출간하여 센세이션을 불러일으키며 미국을 비롯한 전 세계인들의 주목을 한몸에 받았다.

그 후 《놓치고 싶지 않은 나의 꿈 나의 인생》 등 여러 책을 쓰고 강연을 하며 최고의 동기부여가가 되었다.

독일의 시성 요한 볼프강 폰 괴테 역시 이런 말을 했다.

"꿈꿔라. 무엇이든 꿈을 꿔야 이룰 수 있다."

괴테는 독일의 문학사에서 가장 성공한 사람이다. 그의 주요 대표작은 《파우스트》와 《젊은 베르테르의 슬픔》이다.

특히 《파우스트》를 쓰는 데 무려 59년이나 걸렸다. 매우 놀라운 일이다. 이는 집념이 없으면 절대 할 수 없는 일이다.

괴테는 정치가이자 사상가이며, 화가이자 평론가이기도 하다. 남들은 한 가지도 제대로 못하는데 다방면에서 뛰어난 업적을 남겼다.

이처럼 괴테가 다방면에서 좋은 결과를 얻을 수 있었던 것은 무엇일까. 바로 꿈을 꾸고 열심히 노력한 결과이다.

우리는 나폴레온 힐과 괴테를 통해 한 가지 공통점을 발견할 수 있다. 꿈은 그저 꾸기만 해서는 절대 이루어지지 않는다는 것이다. 마음속에 아무리 훌륭한 꿈을 품었다고 해도 노력하지 않으면 아무것도 이뤄낼 수 없다.

만일 나폴레온 힐이 앤드류 카네기의 제안을 받아들이지 않았다면 어떻게 되었을까. 아마 평범한 인생으로 끝나고 말았을 것이다. 또한 괴테가《파우스트》쓰기를 중단했다면 어떻게 되었을까. 세계문학사에 길이 남는《파우스트》는 없었을 것이다.

무언가를 이루고 싶다면 항상 꿈꾸고, 그 꿈을 위해 노력하라. 꿈은 이런 사람을 아주 좋아한다. 그리고 그가 원하는 것을 반드시 선물한다는 것을 기억하라.

꿈을 꿀 수 있다면 행동할 수 있고, 행동할 수 있다면 원하는 대로 될 수 있다. 그렇다. 꿈은 실천함으로써 이루어지는 인생의 선물이다. 만족한 인생이 되고 싶다면 꿈꾸고 반드시 실천하라.

**구하라 그러면 너희에게 주실 것이요
찾으라 그러면 찾아낼 것이요
문을 두드리라 그러면 너희에게 열릴 것이니
구하는 이마다 받을 것이요
찾는 이는 찾아낼 것이요
두드리는 이에게는 열릴 것이니라**

_누가복음 11장 9~10절

구하고 찾고 두드리면 믿는 대로 된다

〈귀여운 여인〉, 〈결투〉로 유명한 러시아의 소설가 안톤 체호프는 "인간은 스스로 믿는 대로 된다."고 말했다.

이 말은 강력한 자기 확신에서 오는 말로, 자신의 경험 없이는 절대로 할 수 없는 말이다. 안톤 체호프는 잡화상의 아들로 태어났지만 16세 되던 해, 집안이 완전히 파산하는 불행을 겪었다. 그 후 그가 글을 써서 가족을 먹여 살려야만 했다. 그는 하루하루 힘든 자신과의 싸움에서 지지 않기 위해 스스로를 격려하며 최선을 다했다. 그리고 지병인 결핵이 있음에도 불구하고, 작품의 리얼리티를 살리기 위해 시베리아를 여행하는 등 철저한 작가 정신을 견지했다. 그 결과 성공한 작가가 될 수 있었다.

어려운 환경에서도 자신의 인생을 포기하지 않은 끝에 성공한 또 한 사람을 보자.

유대인이었던 그는 히틀러의 핍박으로부터 벗어나기 위해 미국으로 갔다. 죽음을 피해 미국으로 온 그가 가진 것은 아무것도 없었다.

"난 무엇이든 해야 해. 그것이 나를 위한 것이니까."

그는 이렇게 다짐하며 두 주먹을 꼭 쥐었다. 그리고 자신이 할 수 있는 일을 찾아 나섰다.

그에게 있는 건 오직 '하면 된다'는 신념뿐이었다. 그는 죽을 각오로 열심히 노력했다. 그러자 가난했던 삶이 점점 변하기 시작했다. 그리고 마침내 미국의 국무장관이 되었다.

그는 바로 '외교의 달인'이라고 불리며 세계 평화를 위해 열심히 노력한 끝에 노벨평화상을 수상한 헨리 키신저이다.

헨리 키신저가 맨주먹으로 성공할 수 있었던 비결은 무엇일까. 그것은 바로 무엇이든 할 수 있다는 '믿음'이다.

'나는 될 수 있다, 나는 반드시 꿈을 이룰 수 있다'는 믿음으로 찾고 두드리며 노력한 결과 자신의 꿈을 이뤄낸 것이다.

안톤 체호프와 헨리 키신저가 절박한 시련에도 좌절하지 않고 성공한 인생이 될 수 있었던 비결은 '인간은 스스로 믿는 대로 된다'는 믿음과 강철 같은 의지이다. 강철 의지는 불가능한 현실을 가능한 현실로 바꿀 수 있는 힘이 있다. 그래서 강철 의지를 갖느냐, 갖지 못하느냐는 매우 중요하다.

지금 자신이 처한 현실을 부정하지 마라. 시련과 고통에 놓여 있다면 더더욱 현실을 부정해서는 안 된다. 현실 부정은 패배를 불러올 뿐이다. 어려울 때일수록 강해져야 한다. 강해지는 것만이 어려운 현실로부터 벗어날 수 있게 한다. 바위보다 단단한 강철 의지를 품고 스스로를 믿고 행한다면 반드시 자신의 뜻을 이뤄낼 것이다.

성공한 사람들에게는 공통점이 있다. 어려울수록 더욱 강해진다는 것이다. 그들은 강철 의지로 모든 어려움을 이겨 내고 마침내 성공한 인생이 되었던 것이다. 성공하고 싶다면 강철 의지를 길러야 한다. 강철 의지는 실천적 행위의 동력이자 모든 성공의 근원이다.

좋은 나무마다 아름다운 열매를 맺고
못된 나무가 나쁜 열매를 맺나니
좋은 나무가 나쁜 열매를 맺을 수 없고
못된 나무가 아름다운 열매를 맺을 수 없느니라

_마태복음 7장 17~18절

좋은 나무 같은 사람, 못된 나무 같은 사람

언젠가 풍기 소수서원을 간 적이 있다. 풍기역에서 내려 버스를 타고 가는데 차창 밖으로 펼쳐진 멋진 풍광에 연신 탄성이 터졌다. 들판이 온통 붉은빛을 띤 사과로 가득했다. 때는 10월이라 하늘은 높고 눈부시게 아름다웠다. 자연이 그려놓은 한 편의 명화를 보는 듯했다. 가슴 저 깊은 곳에서부터 행복해지는 기분을 느낄 수 있었다.

영주가 사과로 유명하다는 건 익히 알고 있었지만, 막상 눈앞에 펼쳐진 진풍경에 놀라움을 감출 수가 없었다. 사과나무들이 얼마나 튼실한지 사과나무마다 윤기 나는 붉은 사과들이 빼곡히 달려 있었다. 그 모습만으로도 농부들의 지극한 정성이 느껴졌다. 무엇이든 정성이 담기게 되면 그 값을 톡톡히 하는 법이다.

지금도 가끔씩 그때 본 풍경이 파노라마 되어 눈앞에서 펼쳐지면 문득 그곳으로 가고 싶어진다.

좋은 나무는 뿌리가 튼튼하고 잎이 무성하다. 이파리는 반들반들 윤기가 나고 줄기도 곧고 반듯하다. 그래서 비바람이 불어도 부러지지 않고 꿋꿋하게 버텨낸다. 나무가 튼튼하니까 맛있고 튼실한 열매를 맺는 것이다.

좋은 나무는 사람으로 치면 훌륭한 인격을 지닌 사람과 같다. 좋은 나무 같은 사람이 되려면 성품이 좋아야 하고 따뜻한 마음을 지녀야 한다. 또한 남을 배려하며 친절하게 행동해야 한다. 그렇게 될 때 사람 냄새를 풍기며 존경받는 사람이 된다.

하지만 나쁜 나무는 뿌리가 얕고 가지와 줄기가 부실하여 약한 바람에도 쉽게 부러진다. 그러다 보니 이파리는 거칠고 메마르고, 줄기는 가늘고 빈약해 열매도 많이 맺지 못한다.

나쁜 나무는 비인격적인 사람과 같다. 이런 사람은 주변 사람들에게 손가락질을 받는다. 남에게 해를 끼치는 부도덕하고 고약한 사람이기 때문이다.

《논어》에 이러한 구절이 나온다.

"인격이 있는 사람은 용모가 온화하고, 자태에 위엄이 있으면서 너그럽다. 또한 행동은 부드럽고 자연스럽다."

좋은 나무 같은 사람이 되어야 한다. 그러기 위해서는 훌륭한 인격을 기르고, 남을 배려하고, 자신에게 주어진 일에 책임을 다해야 한다. 그렇게 될 때 사람들로부터 인정받는 행복한 내가 될 수 있다.

좋은 나무가 되기 위해서는 때맞춰 거름을 주고, 적정한 수분을 항상 유지해야 한다. 또한 적당한 온도와 햇볕을 받아야 한다. 좋은 나무는 사람으로 말한다면 인격자이다. 인격자가 되기 위해서는 남을 배려하고, 품위 있고 친절하게 행동하며, 도덕적으로 결함이 없어야 한다.

**복 있는 사람은 악인들의 꾀를 따르지 아니하며
죄인들의 길에 서지 아니하며
오만한 자들의 자리에 앉지 아니하고
오직 여호와의 율법을 즐거워하여
그의 율법을 주야로 묵상하는도다**

_시편 1편 1~2절

선한 사람, 복 있는 사람이 되라

"불행한 사람을 보면 말과 행동이 부드럽지 못하고, 살기를 띠고 난폭하고 평화롭지 못하다."

이는 《채근담》에 나오는 말이다. 이 말에서 보듯 불행한 사람은 말과 행동이 거칠고, 마음이 흉포하다는 것을 알 수 있다. 불행은 결국 자신의 거친 말과 행동에서 온다는 것이다.

그러고 보면 이 말은 매우 설득력이 있다. 자신을 불행하다고 여기는 사람들 중엔 화를 참지 못하고 분란을 일으키는 경우가 많다. 거친 말과 행동으로 상대에게 피해를 주고, 자신이 한 말과 행동에 대한 대가를 치르는 경우를 종종 목격한다. 불행은 마음속에 도사리고 있는 악한 마음 때문에 생기는 것이라는 걸 알 수 있다.

이에 비해 마음이 선한 사람은 말과 행동이 부드럽고 따뜻하다. 남을 격려하고 칭찬하는 데 익숙하고, 남을 돕는 일에 자연스럽다. 남을 해치지 않으며, 곤경에 빠트리지도 않는다. 또한 마음은 양처럼 순하고, 남의 고통을 자신의 것처럼 여겨 도와주기를 즐겨한다. 이는 선한 마음이 시키는 대로 따르기 때문이다.

프리드리히 니체는 다음과 같이 말했다.

"어떤 행동을 해도 자신에게 부끄럽지 않은 사람이 되라."

니체의 말은 선한 사람이란 무엇인가에 대한 정의라고도 할 수 있다. 어떤 행동을 해도 자신에게 부끄럽지 않은 사람이 되기란 쉽지 않다. 그럼에도 그렇게 되도록 해야 한다. 그것이 사람으로서 해야 할 자신에 대한 책임이며 도리이다.

선한 사람의 입술은 부드럽고 행동은 따뜻하다.
눈은 사슴처럼 맑고, 입가엔 언제나 잔잔한 미소가 피어난다.
선한 사람의 마음속엔 선의 샘이 있어 선을 만들어 내기 때문이다.
사람답게 살고 싶다면 선한 사람이 되어야 한다.
그것은 자신의 얼굴을 부끄럽지 않게 하는
가장 확실한 일이라는 걸 기억하라.

CHAPTER 2

생활의
활력을 얻는
참 좋은
믿음의 법칙

사랑하는 자들아
하나님이 이같이 우리를 사랑하셨은즉
우리도 서로 사랑하는 것이 마땅하도다

_요한1서 4장 11절

사랑의 마음으로 서로를 사랑하라

"사랑을 베푼다는 것은 이 세상을 꽃밭으로 만드는 위대한 열쇠다."

영국의 소설가 로버트 스티븐슨의 말이다. 이 말은 사랑이 인간의 삶에 미치는 영향에 대해 함축적으로 잘 보여 준다. 사랑을 베푸는 것은 곧 세상을 아름답게 하는 것이며, 사랑은 세상을 아름답게 변화시키는 중요한 요소다.

사랑하는 마음은 인간의 본성 가운데 가장 신성하며 아름다운 마음이다. 사랑하는 마음속엔 마음을 평화롭게 하고, 배려하는 마음을 갖게 하는 선善이 존재한다. 선은 모든 것을 그대로 인정하고, 그 존재 가치를 높여 준다. 그래서 사랑이 많은 사람은 남의 아픔을 내 일처럼 생각하고 도와주는 것을 즐거워한다.

그러나 사랑이 없으면 남을 미워하게 되고, 어려운 사람을 봐도 못 본 척하게 된다. 사랑이 없는 마음은 사랑을 베푸는 즐거움을 모르기 때문이다. 사랑이 없는 마음엔 미움이 도사리고 있다. 그 마음을 그대로 두면 교만으로 가득 차게 되고, 남의 어려움을 보고도 아무렇지도 않게 생각하게 된다. 마치 살아 있는 로봇과 다름없다.

지금 우리 사회는 살아 있는 로봇 같은 사람들이 날로 늘어가고 있다. 어려움을 호소하는 사람을 보고도 못 본 척하고, 추운 겨울날 노숙자가 싸늘하게 식어가도 모르는 체한다. 사람은 많지만 사람다운 사람이 없는 허무한 세상이 되어 가고 있다. 사람이 사람임을 스스로 포기하는 것처럼 두렵고 무서운 일은 없다. 사람의 마음은 없고 동물적 근성만 남게 되기 때문이다. 동물적 근성이 무서운 것은 상대를 배려하지 않고 오로지 공격만 한다는 데 있다. 오직 자신만을 생각하고 자신만을 위해 살아가려고 한다. 이런 동물적 근성에 사로잡혀서는 안 된다. 동물적 근성을 버려야 한다.

동물적 근성을 버리기 위해서는 사랑하는 마음을 길러야 한다. 사랑하는 마음을 기르기 위해서는 배려하고, 양보하고, 내 것을 남에게 나누어 주는 실천을 해야 한다. 이렇게 자꾸 실천하다 보면 자신도 모르는 사이에 사랑하는 마음을 갖게 된다.

사랑하는 마음을 품고 사는 당신이 되라. 사랑하는 마음은 참 아름답고 빛나는 마음이다.

사랑하는 마음은 인간의 본성 중에서도 가장 근본적이고, 이상적인 마음이다. 사랑하는 마음은 용서와 화해, 배려와 격려, 헌신과 봉사의 마음이다. 아름답고, 행복하고, 가치 있는 인생을 살고 싶다면 먼저 사랑을 실천하는 자세부터 배워야 한다. 모든 사랑은 실천함으로써 완성되어지기 때문이다.

마침 한 제사장이 그 길로 내려가다가

그를 보고 피하여 지나가고

또 이와 같이 한 레위인도 그 곳에 이르러

그를 보고 피하여 지나가되

어떤 사마리아 사람은 여행하는 중

거기 이르러 그를 보고 불쌍히 여겨

가까이 가서 기름과 포도주를

그 상처에 붓고 싸매고

자기 짐승에게 태워

주막으로 데리고 가서 돌보아 주니라

_누가복음 10장 31~34절

투명 인간이 되게 하는 무관심은 무서운 죄다

무관심은 아주 무서운 마인드이다. 무관심은 스스로를 투명
인간으로 만들기 때문이다. 남이 어려운 일을 겪어도 본체만체

하고, 나하고 상관없는 일에는 세상이 개벽을 한다고 해도 눈 하나 깜빡 안 한다. 이런 무관심은 자신의 존재 가치를 무너뜨리는 비열한 일이다.

언젠가 지하철에서 있었던 일이 인터넷을 뜨겁게 달구었다. 어떤 젊은이가 나이 든 할아버지에게 무례하게 굴었다. 할아버지는 당황해서 어쩔 줄 몰라 했다. 그런데 그 모습을 보고도 어느 누구 하나 말리지 않았다. 사람들은 많았지만 모두 무관심했던 것이다. 할아버지는 현실의 야박함에 가슴을 두드리며 한탄했을 것이다.

또 한 여중생이 사람들이 빼곡한 지하철 안에서 어떤 남자에게 괴롭힘을 당하는 일이 벌어졌다. 겁에 질린 여중생이 옆에 있는 사람들에게 도와달라고 신호를 보냈는데도 외면을 했다고 한다. 그때 어린 여학생의 심정은 어땠을까. 아마 깊은 절망감과 함께 인간이란 자체에 대해 크게 실망을 느꼈을지도 모른다. 이렇듯 어려움에 빠진 사람에게 무관심한 것은 큰 죄악이다.

앞의 성경 말씀을 보면 어려움을 당한 사람을 보고도 제사장과 레위인은 피하여 지나갔다. 그러나 유대인들이 무시하는 사마리아 사람은 정성껏 도움을 주었다. 정작 도움을 주어야 할 제사장과 레위인은 무관심했지만, 사마리아 사람은 사람의 도리를 다한 것이다.

　무관심은 죄악이다. 또한 무관심은 서로를 단절시키는 마음의 벽이다. 어려운 친구들이나 사람들을 보면 도와주어라. 그것이 어려움에 빠진 사람에 대한 최선의 배려이며 사람된 도리이다.

무관심은 서로를 단절시키는 마음의 벽이다. 단절된 상태에서 마음을 하나로 모은 다는 건 그림 속의 떡과 같다. 무관심에서 벗어나기 위해서는 첫째, 곁에 있는 사람을 챙겨주고 배려하라. 둘째, 상대를 높여 주어라. 셋째, 먼저 다가가라. 무관심은 자신을 투명 인간으로 만드는 일임을 명심해야 한다.

네가 네 손이 수고한 대로 먹을 것이라
네가 복되고 형통하리로다

_시편 128편 2절

일의 소중함과 가치성에 대한 고찰考察

영국의 소설가 사뮤엘 스마일즈는 말했다.

"일을 하여 얻은 빵보다 더 맛있는 것은 없다."

이 말처럼 일을 한다는 것은 즐겁고 행복하고 보람된 것이다. 일은 인간이기에 마땅히 해야 하는 것이기 때문이다. 인간은 일을 함으로써 자신의 존재를 드러내고, 먹을 것을 해결하며, 지금보다 나은 미래를 꿈꾸게 된다. 이처럼 일은 인간에게 있어 삶의 해법이며 존재의 근원이 된다.

그런데 일에 대한 젊은이들의 생각에 편협함과 귀천이 있음을 볼 수 있다. 편안한 자리, 남들에게 당당하게 이야기할 수 있는 자리를 원한다. 그러다 보니 그러한 일자리에 몰리게 되고, 치열한 경쟁을 벌여야만 한다. 수요와 공급이 맞으면 문제될 게 없지만, 수요는 한정되어 있는데 매년 수많은 젊은이들이 사회로 나온다. 취업 인력이 제한적이다 보니 남아도는 인력은 재취업을 위해 또다시 학원으로, 전문대학으로 몰려가 시간과 돈을 낭비하고 있는 실정이다.

이에 50대, 60대의 부모들은 자식들 취업 뒷바라지를 위해 또다시 일터를 전전하며 고단한 삶을 살고 있다. 이는 개인적으로도, 사회적으로도, 국가적으로도 큰 손실이 아닐 수 없다.

'일에는 귀천이 따로 없다.'는 우리 속담이 있다. 그렇다. 일은 그것 자체로 소중한 것이지, 무슨 귀천을 가려가며 한단 말인가. 자신이 원하는 일이 지금 주어지지 않았더라도 빈둥거리며 시간을 낭비하지 말고 어떤 일이라도 해야 한다. 그렇게 하다 보면 새로운 사람도 만나게 되고, 새로운 삶의 가치에 대해 눈뜨게 된다. 그러는 과정에서 자신이 원하는 일을 만나게 되는 것이다.

지금 놀고 있는 젊은이들이 있다면 절대 놀지 마라. 지금 중소기업은 인력난에 힘들어한다고 한다. 왜 일자리를 두고 놀고 있으며, 왜 일할 사람을 두고도 중소기업은 인력난으로 힘들어 하는가.

　사람은 누구나 일을 해야 한다. 열심히 일하라. 일은 자신의 꿈을 이루게 하는 소중한 것이다.

일은 필요한 것을 얻게 하고, 자신의 삶의 가치를 도모하는 아주 소중한 것이다. 그런데도 회사 간판이나 따지고 든다면 이는 큰 문제가 아닐 수 없다. 어디를 가든 자기 할 나름이다. 자신의 능력을 잘 보여 줄 수 있는 곳이라면 회사 간판 같은 것은 절대 따지지 말고 당당하게 가라. 어느 곳에서든 열심히 하다 보면 반드시 자신이 원하는 자리가 주어질 것이다.

길 가에서 한 무화과나무를 보시고 그리로 가사
잎사귀 밖에 아무 것도 찾지 못하시고
나무에게 이르시되
이제부터 영원토록
네가 열매가 맺지 못하리라 하시니
무화과나무가 곧 마른지라

_마태복음 21장 19절

열매 없는 나무는 살았어도 죽은 나무다

커다란 사과 과수원을 하는 농부가 있었다. 그러던 어느 해 겨울 강추위가 있었다. 그 이듬해 봄 사과나무들 중엔 잎을 피우지 못하는 나무가 상당수 있었다. 농부는 전기톱으로 잎을 피우지 못한 사과나무를 베어버렸다.

"베어진 나무를 보니 제 마음도 참 안타깝습니다. 어르신께서는 더더욱 마음이 쓰리고 아프시리라 생각합니다."

"말하면 뭐하겠습니까? 나무가 아니라 내 자식과도 같지요.

지금 내 마음은 갈기갈기 찢기듯 말로 형언하기 어려울 만큼 아픕니다."

수십 년을 정성 들여 키워 온 나무들이니 어찌 그 속이 쓰리고 아프지 않을 수 있을까.

사과나무를 베어낸 이유는 강추위로 나무가 얼었기 때문이다. 얼은 사과나무는 더 이상 열매를 맺을 수가 없다. 열매를 맺지 못하는 사과나무는 더 이상 가치가 없다. 거추장스러운 무용지물일 뿐이다.

사람도 마찬가지다. 자기 자신은 물론 누군가에게 도움이 되지 않는다면 얼어 죽은 사과나무처럼 무용지물과 같은 존재이다. 이런 사람은 어디를 가든 골칫거리만 될 뿐이다.

그러나 자신에게는 물론 누군가에게 도움이 된다면 이야기는 달라진다. 이런 사람은 어디를 가든 꼭 필요한 사람으로 인정받는다. 마치 튼실한 사과를 주렁주렁 달고 서 있는 사과나무가 농부에게 기쁨을 주는 것처럼.

나는 어떤 사람인가에 대해 가끔은 스스로에게 물어보라. 그래서 자신이 괜찮다는 생각이 들면 지금 잘살고 있는 것이라고 여겨도 좋다. 그러나 미흡하다는 생각이 들면 즉시 자신의 문제점이 무엇인지를 찾아야 한다. 그리고 문제점을 찾아내어 시정해야 한다. 그것을 알고도 방치한다면 스스로를 모독하는 행위이다.

　사람이 우주의 가장 으뜸 자리에 있는 건 생각할 수 있고, 생각한 것을 실행에 옮기는 창의적인 존재이기 때문이다. 스스로를 자랑스럽게 여기고 고맙게 생각해야 한다. 그런 생각이 자신을 지금보다 나은 삶으로 나아가게 하는 힘이 되어 줄 것이다.

누군가에게 도움을 줄 수 있는 사람은 진실로 행복한 사람이다. 그로 인해 얻게 되는 행복은 그 무엇보다도 크기 때문이다. 자신이 진정 행복하기를 원한다면 자신을 돕듯 남을 도와주어라. 그것은 자신도 남도 모두를 행복하게 하는 행복의 화수분이다.

항상 기뻐하라
쉬지 말고 기도하라
범사에 감사하라
이것이 그리스도 예수 안에서
너희를 향하신 하나님의 뜻이니라

_ 데살로니가전서 5장 16~18절

생활의 활력을 얻는 참 좋은 믿음의 법칙

프리드리히 니체는 말했다.

"기뻐하라. 사소한 일이라도 더 기뻐하라. 기뻐하면 기분이 좋아지고 건강도 좋아지게 된다."

니체의 말은 의학적으로도 매우 설득력이 있다. 의학적으로 볼 때 기쁘게 생활하는 사람이 그렇지 않은 사람에 비해 어떤 병이든 발병률이 낮다고 한다. 기쁨은 마치 삶의 효소와 같아 삶을 행복으로 부풀어 오르게 한다.

"요즘은 도통 되는 것도 없이 짜증만 납니다. 이렇게 살아서 뭐할까 싶은 마음입니다."

요즘 이렇게 말하는 사람들이 많다. 그만큼 살기가 힘들다는 것이다. 살기가 힘들다 보니 자신도 모르게 입에서는 불평불만이 쏟아져 나온다. 이러한 말들은 부정적인 자아를 기를 뿐 아무런 도움도 되지 못한다. 힘들수록 마음가짐을 바꿔야 한다. 긍정적으로 생각하고 말하고 행동해야 한다. 이러한 생각과 말은 긍정적인 자아를 길러줌으로써 어려움을 극복하게 하는 강한 의지를 불러일으킨다.

어떻게 생각하고 말하고 행동하느냐는 인간의 삶에서 매우 중요하다. 모든 것이 생각하는 대로 되기 때문이다.

항상 웃는 얼굴로 사람들을 대하는 사람들이 있다. 이런 사람들은 말과 행동이 부드럽고 거부감을 주지 않는다. 그러나 어떤 사람들은 항상 찌푸린 모습으로 사람들을 대한다. 말투는 거칠고 행동은 거부감을 준다.

"웃으면 복이 온대요. 우리 모두 웃고 삽시다."

그러면 이렇게 말하는 사람들이 많다.

"기쁜 일이 있어야 웃지요."

그러나 자주 웃다 보면 웃을 일이 생긴다.

미국의 심리학자인 윌리엄 제임스는 말했다.

"행복해서 웃는 게 아니라 웃으니까 행복한 것이다."

행복해서 웃는다면 웃을 수 있는 사람이 지구상에 과연 몇 퍼센트나 될까. 아마 절반도 안 될 것이다.

항상 기쁘게 생활하는 당신이 되라. 그러면 삶도 훨씬 즐겁고 자신이 하는 일에도 더 큰 자신감을 갖게 될 것이다.

기쁘게 생활하는 사람을 보면 언제나 싱글벙글이다. 뭐가 좋으냐고 물으면 "웃으면 좋잖아요." 하고 말한다. 그렇다. 웃으면 그냥 좋다. 인생을 행복하게 살고 싶다면 자주, 그리고 많이 웃어라. 그것이 기쁨의 비결이다.

내가 진실로 진실로 너희에게 이르노니
한 알의 밀이 땅에 떨어져 죽지 아니하면
한 알 그대로 있고
죽으면 많은 열매를 맺느니라

_요한복음 12장 24절

씨앗의 생명력은 죽어짐으로써 온다

아파트에서 20년을 넘게 살다 보니 불현듯 단독 주택에서 살고 싶은 마음이 강렬해졌다. 아파트라는 공간이 편리해서 좋긴 하지만, 어느 날부터인가 가슴이 답답해지기 시작했다. 그래서 가족과 의논 끝에 아파트는 전세를 주고 그 돈으로 단독주택 전세를 얻기로 했다.

생각이 일치하자 일은 일사천리로 진행되었다. 그리고 마침내 작은 텃밭이 딸린 단독주택으로 이사를 하였다.

나는 짐을 풀어놓기가 무섭게 평소에 무척이나 키우고 싶었던 진돗개 강아지부터 사왔다. 그리고 텃밭을 갈고 시장에 가서 고추모와 상추씨, 배추씨, 파 씨를 사다 심고 날마다 정성껏 물을 주었다.

그러던 어느 날 파랗게 눈을 뜬 어린 싹들이 땅을 뚫고 올라왔다. 실처럼 가느다란 여린 싹이었다. 하도 신기하고 기뻐서 한참을 보고 있는데, 군데군데마다 싹이 나지 않는 곳이 있었다. 그래서 손으로 살살 흙을 파헤쳐 보니 아, 씨앗이 그대로 있었다. 그때 알았다. 씨앗이 그대로 있으면 싹을 틔우지 못한다는 것을.

싹을 틔운 상추와 배추, 파는 무럭무럭 잘 자랐다. 어찌나 잘 자라는지 자고 나면 쑥쑥 자라 있었다. 자연의 힘은 참으로 놀라웠다.

사람도 마찬가지다. 자신만 생각하는 사람은 죽지 않은 밀과 같다. 그래서 다른 사람들에게 하등의 도움도 안 된다. 그러나 다른 사람들을 위해 사는 사람은 죽은 밀과 같다. 누군가를 위해 산다는 것은 참으로 즐겁고 행복한 일이다.

《죄와 벌》로 유명한 러시아 작가인 표도르 도스토옙스키는 말했다.

"자신을 희생하는 것처럼 행복한 일은 없다."

그렇다. 모든 아름다움과 가치 있는 일들은 누군가의 사랑과 희생으로부터 온다. 사랑과 희생이라는 삶의 소중한 가치를 품고 실천할 수 있다면 무한한 행복을 선물로 받게 될 것이다.

삶의 소중한 가치는 사랑과 희생을 넘어서 온다. 사랑과 희생 없이는 참다운 가치를 느낄 수 없다. 삶의 소중한 가치를 통해 행복한 인생이 되고 싶은가. 그렇다면 지금 당장 자신을 사랑하듯, 일이든 사람이든 자신에게 주어진 모든 것을 아낌없이 사랑하라.

너희 말을 항상 은혜 가운데서
소금으로 맛을 냄과 같이 하라
그리하면 각 사람에게
마땅히 대답할 것을 알리라

_ 골로새서 4장 6절

사람을 살리는 말, 사람을 죽이는 말

말은 자신의 생각을 상대방에게 전달하는 중요한 수단이다. 같은 말도 어떻게 하느냐에 따라 전달력이 달라진다. 또한 말을 어떻게 하느냐에 따라 그 사람의 됨됨이를 알 수 있다. 그래서 말은 부드럽고 논리에 맞게 해야 한다.

지금 우리 사회는 말을 함부로 하는 사람들이 맹비난을 받고 있다. 자신이나 잘하면 될 것을 자신의 흠은 생각지도 않고 상대방 비난에 게거품을 물고 있다. 방송과 신문을 비롯해 네티즌들은 말을 함부로 하는 사람에 대해 연일 맹공을 퍼부어댄다.

말을 함부로 해서 잘나가던 연예인이 프로그램에서 잘리는가 하면, 근거에도 없는 말을 발설하여 명예훼손으로 조사를 받고, 민생을 살피는 데 전력을 쏟아도 모자랄 국회의원들이 여기자를 성적으로 희롱하여 결국은 유권자들의 외면을 받고 말았다.

남 말하기를 좋아하는 사람들은 깊은 콤플렉스에 빠져 있다. 자신의 콤플렉스를 감추기 위해 계속 이야깃거리를 만들어낸다. 말로 화를 입는 사람들이 반복적으로 되풀이하는 걸 보면 그것을 알 수 있다. 마치 마음이 허공에 붕 뜬 듯한 허전함을 못 견뎌 그 허전함을 채우려는 것처럼 보인다.

말은 자신의 품격을 여실히 드러낸다. 공들여 쌓은 탑이 작은 실수 하나로 와르르 무너지는 것처럼 한 번 잘못 내뱉은 말은 그 사람이 평생 쌓아올린 인생의 공든 탑을 무너뜨리는 것이다.

"대인 관계의 명수들에겐 한 가지 공통점이 있다. 그들은 하나같이 상대방의 자존심을 세워 줄 줄 안다는 것이다."

자기계발전문가인 데일 카네기의 말이다. 카네기의 말에서 보듯 인간관계를 잘하는 사람, 즉 소통능력이 탁월한 사람은 상대방의 자존심을 긁어대는 못난 짓 따위는 하지 않는다. 오히려 그 반대이다. 작은 것 하나를 가지고도 상대방이 만족할 수 있게 하는 능력이 뛰어나다.

사람은 누구나 자신의 자존심을 세워 주는 사람을 좋아한다. 자존심을 살려 주는 것은 인격을 높여 주는 것과 같다.

사무엘 바울 크레인은 다음과 같이 말했다.

"사람은 누구나 존경해 주면 쉽게 다가갈 수 있다. 즉 어떤 능력에 대해서 존경심을 보여 주면 당신의 말을 잘 듣게 될 것이다."

누구나 자신에게 존경심을 표하는 사람에겐 무한한 감사를 갖게 된다. 그리고 그 사람과 소통하기를 원한다. 인간관계에서 상대에게 존경심을 보인다는 것은 말을 유창하게 하는 것 이상의 의미다.

한편, 말은 유창하게 잘하지만 인간관계에서 사사건건 문제를 일으키는 사람이 있다. 이런 사람은 말과 행동이 따로 노는 사람이다. 말은 그럴듯한데 행동에 신뢰가 안 간다면 누가 좋아하겠는가.

말과 행동을 일관되게 처신하는 사람이 소통을 잘한다. 그것이 자신을 인정받게 하는 것이다.

말을 절대 함부로 하지 마라. 잘한 말은 사람을 살리지만, 잘못한 말은 사람을 죽게 한다는 것을 잊지 마라.

인터뷰의 명수 이삭 F. 말코슨은 "많은 사람들이 좋은 첫인상을 주지 못하는 것은 상대방의 말을 정중하게 들을 줄 모르기 때문이다."라고 말했다. 그렇다. 말은 정중하게 들어야 한다. 그것은 말을 잘하는 것 이상으로 중요하다. 말은 또한 신중하게 해야 한다. 신중한 말은 자신을 신뢰하게 만든다. 하지만 함부로 말하면 돌아오는 것은 맹렬한 비난뿐이다.

너희는 세상의 빛이라
산 위에 있는 동네가 숨겨지지 못할 것이요
사람이 등불을 켜서 말 아래에 두지 아니하고
등경 위에 두나니 이러므로
집 안 모든 사람에게 비치느니라
이같이 너희 빛이 사람 앞에 비치게 하여
그들로 너희 착한 행실을 보고
하늘에 계신 너희 아버지께 영광을 돌리게 하라

_ 마태복음 5장 14~16절

세상의 빛이 되어야 하는 이유

자신만을 위해 사는 삶은 아무리 잘살아도 그 가치가 축소될 수밖에 없다. 혼자만 잘산다는 것은 개나 돼지와 다를 바가 없기 때문이다. 생각해 보라. 개와 돼지는 자신의 먹이에만 신경 쓸 뿐 상대에 대해 신경 쓰지 않는다. 자신의 먹이에 눈독을 들이면 죽을 듯이 싸우려고 할 뿐이다. 그러니 자신만 잘살겠다는 것은 개와 돼지와 무엇이 다를 것인가.

그러면 어떻게 사는 것이 잘사는 것인가. 이에 대해 나폴레온 힐은 이렇게 말했다.

"인생을 풍요롭게 산 사람들에겐 한 가지 공통점이 있다는 걸 알았다. 그것은 단지 그들 자신만을 위해 살지 않았다는 것이다. 그들은 자신의 삶을 통해 타인에게 유익함을 주었다. 이것이야말로 잘사는 삶이다."

전우익은 자신의 저서 《혼자만 잘 살믄 무슨 재민겨》에서 상생하는 삶이야말로 진정으로 잘사는 삶이라고 했다. 우리나라 최고의 동화작가인 권정생 역시 작고 보잘것없는 사람들이 맘 놓고 살아가는 것이야말로 잘사는 일이라고 말하였다.

함께 더불어 살아가는 일은 인간들이 마땅히 취해야 할 삶의 방식이다. 그러나 이런 삶의 법칙은 팽배해지는 이기주의에 의해 점점 희박해지고 있다. 오직 자신만이 잘 먹고 잘살기 위해 상인들이 시장 바닥에서 손발이 얼어터지도록 힘들에 벌어 모아 맡긴 돈을 가지고 외국으로 도망간 저축은행 대표가 있는가 하면, 자신의 기업에서 수십 년을 일해 온 직원들을 하루아침에 무 자르듯 자르는 사장, 불법체류자라는 점을 악용해 실컷 부려 먹고 임금도 주지 않고 내쫓아 버리는 냉혈동물 같은 중소기업 사장, 시급 팔천 원밖에 안 되는 아르바이트 임금을 떼어먹는 금수만도 못한 사장 등 비이성적인 삶을 사는 사람들이 연일 매스컴을 들썩인다.

이렇게 사는 것은 자신의 영혼을 팔아먹는 일이다. 자신도 죽고 남도 죽이는 일인 것이다.

이런 마인드를 가진 사람들이 오해하는 것이 있다면 그것은 자신의 배만 불리면 된다는 사고방식이다. 즉 행복은 부富에 있다고 생각하는 것이다. 하지만 행복은 부에 있지 않다. 행복은 삶의 가치에 있음을 알아야 한다.

한 할머니가 10억이 넘는, 평생 모은 재산을 기부하는 것을 보았다. 또한 어떤 사람은 전세금 3000만 원과 몇 푼의 예금을 사후에 기증하겠다며 기증서를 작성하였다. 아프리카로 가서 봉사활동을 하다 안타깝게 사고로 목숨을 잃은 여대생도 있다.

이들이 보여 준 삶은 그냥 삶이 아니다. 이들의 삶은 '세상의 빛'이다. 어두운 바닷길을 환히 밝혀 배가 무사히 지나갈 수 있도록 돕는 등대같이 세상을 환히 밝히는 삶이다.

슈바이처가 지금도 많은 사람들에게 존경을 받는 것은 아프리카에서 가난한 사람들을 위해 빛과 같은 삶을 살았기 때문이다. 세상의 빛은 누구나 될 수 있지만, 그러기 위해서는 자기희생이 따라야 한다.

　지금 우리 사회가 이만큼 발전한 것도 따지고 보면 '세상의 빛'과 같은 사람들의 희생이 있었기에 가능했던 것이다.

　자신을 가치 있는 인생이 되게 하라. 그것이 나폴레온 힐이 말한 '풍요로운 삶'을 사는 길이다.

세상의 빛과 같이 살 수 있다면 어디에 있든, 무슨 일을 하든, 많이 배웠든 배우지 못했든, 부자이든 가난하든 상관없이 진정으로 성공한 사람이다. 가치 있는 삶, 가치 있는 행복이야말로 우리 모두를 행복하게 하는 '세상의 빛'이다.

세상에서는 너희가 환난을 당하나 담대하라 내가 세상을 이기었노라

_요한복음 16장 33절

환난을 당해도 담대히 맞서 이겨라

유대인들의 삶을 생각하면 어떻게 같은 인간으로서 최악의 순간에서도 흔들리지 않고 당당하게 살아가는지 그저 놀라울 뿐이다. 유대인들이 벼랑 끝 같은 환경에서도 쓰러지지 않고 살아가는 데는 그들만의 독창적인 마인드가 있다.

첫째, 유일신인 하나님을 믿는다.

유대인들은 하나님만이 자신들의 삶을 주관하고, 먹을 것과 입을 것을 주고 생명을 보존해 주신다고 믿는다. 하나님에 대한 절대적인 믿음이 그들을 강철보다 강한 민족이 되게 했다.

둘째,《탈무드》를 철저하게 공부한다.

유대인들의 민족서이자 지혜서인 《탈무드》를 어린 시절부터 탐독하고, 《탈무드》의 가르침에 따라 생각하고 실천에 옮긴다. 《탈무드》는 유대인에게 있어 삶의 모든 지혜가 담긴 경전이다.

셋째, 강한 유대관계를 가지고 있다.

유대인들은 그 어떤 민족보다도 강한 응집력을 갖고 있다. 그들은 어려운 일이 있을 때마다 죽기를 각오하고 똘똘 뭉친다. 그들이 이처럼 강한 응집력을 갖게 된 것은 어디를 가든 참기 힘든 심한 박해를 받았기 때문이다. 이러한 거친 환경에서 끝까지 살아남기 위해서 그들은 서로 힘을 합치지 않으면 안 되었다. 살기 위해 하나가 되었던 것이다.

유대인들이 지금처럼 강한 민족이 될 수 있었던 것은 위의 세 가지 마인드를 기본으로 하여 담대한 마음을 길렀기 때문이다. 담대한 마음은 불가능을 가능하게 한다. 사람의 생각으로 할 수 없는 것도 능히 하게 한다.

우리도 강한 의지와 끝까지 해내는 마음을 가져야 한다. 아무리 뛰어난 능력과 머리를 갖고 있다고 하더라도 강한 의지가 없다면 자신이 바라는 것을 이룰 수 없다. 능력보다도 더 중요한 것은 강철 같은 의지이다. 강철 같은 의지만 있다면 무엇이든 해낼 수 있다.

유대인들은 한 사람 한 사람이 강철 의지로 똘똘 뭉쳐 있다.

유대인처럼 강철 의지를 갖기 위해서는 자신을 믿고, 끝까지 시도해야 한다.

에밀리과이는 이렇게 말했다.

"자신을 믿어라. 그러면 그 무엇도 당신을 막지 못할 것이다."

유대인은 앞에서 말한 세 가지 마인드로 무장하여 자신을 믿었고 그 믿음은 어떤 환경에서도 살아남게 했다.

지금 우리 사회는 그 어느 때보다도 힘들게 살아가는 사람들이 많다. 경제가 발전하고 생활여건은 놀라울 만큼 편리해졌지만, 그런 만큼 사람들의 삶은 피폐해지고 있다. 부익부빈익빈富益富貧益貧, 즉 있는 사람은 점점 부자가 되고 가난한 사람은 점점 가난해지는 이 어처구니없는 현실을 어떻게 해야 할까. 믿을 사람은 오직 자신뿐이다. 강철 같은 의지를 갖고 자신을 믿어야 한다. 그래야만 유대인들이 최악의 순간에서도 승리할 수 있었던 것처럼, 자신 또한 승리의 길로 나아갈 수 있다.

유대인이 그랬던 것처럼 담대하라. 담대한 마음으로 죽을 듯이 살아라. 담대한 마음은 모든 것을 가능하게 한다는 것을 잊지 마라.

호랑이에게 물려 가도 정신만 차리면 된다는 말이 있다.
이는 유대인들에게 딱 들어맞는 표현이다.
유대인들은 목숨을 위협받는 순간에도 좌절하거나 두려워하지 않았다.
오히려 더 강해졌고, 의연하게 행동했다.
유대인들이 최악의 순간에도 흔들리지 않고 강해질 수 있었던 것은
담대했기 때문이다. 담대하라.
담대한 마음은 모든 것을 가능하게 하는
긍정의 원동력이다.

CHAPTER 3

참고 견디어
마음을
굳건히 하라

우리가 사방으로 욱여쌈을 당하여도
싸이지 아니하며
답답한 일을 당하여도 낙심하지 아니하며
박해를 받아도 버린 바 되지 아니하며
거꾸러뜨림을 당하여도 망하지 아니하고
우리가 항상 예수의 죽음을 몸에 짊어짐은
예수의 생명이 또한 우리 몸에
나타나게 하려 함이라

_ 고린도후서 4장 8~10절

'낙심'이라는 무서운 병에 걸리지 않기

어떤 어려움이 닥쳐도 절대 낙심하지 말아야 한다. 낙심을 하는 순간 희망이 사라져 버리기 때문이다. 낙심은 인간으로부터 용기를 빼앗고, 의지마저 빼앗아 버리는 무서운 마음의 병이다.

낙심으로부터 벗어나는 몇 가지 지혜이다.

첫째, 하나님은 극복하지 못할 시련은 주지 않는다는 것을 믿고 행하라. 그렇다. 하나님은 인간이 극복하지 못할 시련은 주지 않는다. 시련의 고통을 이겨 내지 못하는 것은 인간 자신이다. 강하게 마음먹으면 그 어떤 시련도 극복할 수 있다. 최악의 상황에서도 인생을 성공적으로 살았던 링컨, 간디, 벤저민 프랭클린, 넬슨 만델라를 보라. 이들 또한 힘들기는 마찬가지였지만, 지지 않기 위해 끝까지 싸워 마침내 승리할 수 있었던 것이다.

둘째, 자신을 존중하고 사랑하라.

이 세상에 나라는 존재는 오직 한 사람이다. 그런 만큼 자신을 존중하고 사랑해야 한다. 성공한 사람들에게서 볼 수 있는 성공 조건 가운데 하나는 바로 자신을 존중하고 사랑하는 것이다. 그들은 세상에 단 하나밖에 없는 자신의 가치성을 높이 받들고 최선을 다한 끝에 성공할 수 있었다.

그런데 어떤 사람들은 "나 같은 건 태어나지 말았어야 했어.", "나 같은 건 살아갈 가치가 없는 존재야." 하고 말한다. 이는 스스로를 무시하는 말이다. 왜 자신을 그처럼 학대한단 말인가. 그것처럼 못난 짓은 없다. 자신을 존중하고 사랑하는 마음을 갖는다면 자신에 대해 애정을 갖게 되고 최선을 다하게 된다.

셋째, 낙심은 자신을 죽이는 일이라고 믿어라.

낙심한 사람의 눈엔 힘이 없다. 마치 물 지난 생선처럼 생기가 없다. 죽음을 앞둔 사람 같은 표정이다. 희망의 빛이 없다. 낙심은 이처럼 한 인간을 절망으로 빠트리는 무서운 독이다. 이 독으로부터 자신을 보호하기 위해서는 낙심으로부터 벗어나야 한다. 그리고 희망의 빛으로 채워 넣어야 한다.

넷째, 긍정적인 생각으로 가득 채워라.

긍정적인 생각은 불가능한 일에도 흔들리지 않게 한다. 긍정은 모든 부정적인 생각을 막아주는 방패이다. 긍정적으로 생각하고, 긍정적으로 말하고, 긍정적으로 행동하라. 긍정은 모든 불가능을 가능으로 전환시키는 마인드 키이다. 긍정적인 생각을 갖는 한 낙심은 절대로 발을 들여놓을 수 없다.

다섯째, 한순간도 희망을 떠나지 마라.

희망은 희망을 생각하는 자의 것이다. 자신의 꿈을 이루고 만족한 삶을 사는 사람들은 보면 희망을 한시도 떠난 적이 없다고 말한다. 희망은 자신을 받아들일 준비가 되어 있는 사람에게 손을 내민다. 어떤 순간에도 희망을 떠나지 마라.

"두려움에 맞서는 것, 그것이 용기이다."

토드 벨메르의 말에서 보듯 두려움에 맞서는 것이야말로 낙심으로부터 자신을 지켜내는 것이다. 두려움을 없애는 가장 확실한 방법, 그것은 바로 어떤 순간에도 낙심하지 않는 것이다.

사방으로 갇혀도, 박해를 받아도, 끝까지 낙심하지 않고 희망을 가지면 살 수 있다. 하나님은 그 어떤 순간에도 낙심하지 말라고 하셨다. 낙심하지 않는 가장 확실한 방법은 두려워하지 않는 것이다. 그 어떤 순간에도 절대 낙심하지 마라.

나는 선한 싸움을 싸우고
나의 달려갈 길을 마치고 믿음을 지켰으니
이제 후로는 나를 위하여
의의 면류관이 예비되었으므로
주 곧 의로우신 재판장이
그 날에 내게 주실 것이며
내게만 아니라 주의 나타나심을 사모하는
모든 자에게도니라

_ 디모데후서 4장 7~8절

의義의 면류관을 위해 승리하는 삶 살아가기

자신이 하는 일을 승리로 이끄는 것처럼 의미 있고 행복한 일은 없다. 자신의 일을 승리로 이끌기 위해서는 최선의 노력이 필요하다. 그 어떤 승리의 삶도 어느 날 저절로 이루어지는 경우는 없으니까 말이다.

그런데 최선을 다하지 않으면서도 잘되기를 바라는 사람들이 있다. 이런 마음은 요행을 바라게 하고, 자신의 잠재된 능력도 무가치하게 만든다. 승리하는 삶을 살기 원한다면 그에 맞게 생각하고 행동해야 한다.

다음은 승리하는 자세에 대해 잘 보여 주는 이야기이다.

나폴레옹이 지휘하는 프랑스군과 오스트리아군은 이탈리아 로디에서 다리를 사이에 두고 대치 중에 있었다. 오스트리아군 진영에서는 대포를 앞세우고 프랑스군을 겨냥하고 있었다. 또한 6,000명이나 되는 보병은 언제든지 사격을 할 태세였다. 다리를 반드시 돌파해야 하는 프랑스군은 매우 난감했다.

그러나 나폴레옹은 주저하지 않고 300명을 선봉에 세우고 4,000명의 군대를 그 뒤에 배치하고 돌격을 감행하였다. 이에 오스트리아군 진영에서 일제히 총을 쏘아댔다. 비 오듯 쏟아지는 총알에 맞아 프랑스군들은 비명을 질러대며 고꾸라졌다. 당황한 프랑스군은 이러지도 저러지도 못하는 상황에 놓이고 말았다.

바로 이때 나폴레옹이 깃발을 들고 직접 앞으로 나갔다. 그러자 당황해하던 프랑스군은 나폴레옹을 따라 언제 그랬느냐는 듯 앞으로 나아갔다. 그 모습에 오히려 오스트리아군이 당황하기 시작했다. 프랑스군이 오스트리아 진영에 닿자 오스트리아군은 놀란 나머지 총을 놓고 도망치기에 바빴다. 그것으로 싸움은 끝나고 말았다. 프랑스군의 승리였다.

여기서 우리는 중요한 사실을 발견하게 된다. 극단적인 상황에서도 나폴레옹은 전혀 동요하지 않았다는 것이다. 나폴레옹은 병사들 앞에서 "전쟁은 이렇게 두려움 없이 임하는 거야." 하고 행동함으로써 용기를 심어 주었고, 용기를 얻은 프랑스군은 순식간에 오스트리아군을 몰아낼 수 있었던 것이다.

나폴레온 힐은 다음과 같이 말했다.

"승리는 언제나 싸움에서 물러서지 않는 자에게 돌아간다."

우리의 삶도 마찬가지이다. 자신이 하는 일이 잘되기를 바란다면 그 어떤 순간에도 포기하지 말고, 당당히 맞서 나가야 한다. 그러기 위해서 강인한 의지와 끈기는 필수이다. 강인한 의지와 끈기로 끝까지 밀어붙이면 길이 열리게 된다.

승리하는 삶은 이기고자 준비된 자에게 주어지는 인생의 위대한 선물이다.

승리하는 삶은 누구나 바라는 삶이다.
승리하는 삶은 기쁨이며 희망이며 최선의 목적이기 때문이다.
그러나 승리하는 삶을 산다는 것은 쉽지 않다.
승리하는 삶은 언제나 싸움에서 물러서지 않는 사람에게
돌아가기 때문이다. 승리하는 삶을 원한다면 죽을 듯이 최선을 다하라.
그것이 승리의 삶을 사는 최선의 비결이다.

아무 일에든지
다툼이나 허영으로 하지 말고
오직 겸손한 마음으로
각각 자기보다 남을 낫게 여기고
각각 자기 일을 돌볼뿐더러
또한 각각 다른 사람들의 일을 돌보아
나의 기쁨을 충만하게 하라

_ 빌립보서 2장 3~4절

진정성 있게 사는 것이 최대의 행복이다

"나는 하나의 절실한 소원을 가지고 있다. 그것은 내가 이 세상에 태어난 까닭에 조금이라도 세상이 좋게 되어 가는 것을 볼 때까지 살고 싶다는 것이다."

에이브러햄 링컨의 이 말을 대할 때마다 숙연해지곤 한다. 이 말 속엔 링컨의 진정성이 아침 햇살처럼 반짝인다.

링컨이 세계인들에게 존경받는 가장 큰 이유는 노예 제도를 없애, 노예들을 해방시키고 그들에게 인간답게 살아갈 자유와 권리를 주었다는 데 있다. 하지만 보다 근본적인 것은 인간을 존중하고 사랑하는 데 있다고 하겠다. 링컨은 어린 시절 어머니를 여의고 힘들게 자랐다. 그는 힘들게 자라면서도 사람만큼 소중한 존재가 없다는 것을 깨닫고, 자신이 깨달은 삶을 실천에 옮기기 시작했다.

링컨은 대통령 시절에도 구두를 손수 닦을 만큼 소박하고 겸손했다. 구두를 손수 닦는 링컨을 보고 참모가 말했다.

"각하, 구두를 왜 손수 닦으십니까?"

"내 구두는 내가 닦아 신어야지. 그게 내가 할 일일세."

또 하나의 예를 보자.

링컨은 대통령에 당선된 뒤 어느 소녀로부터 수염을 기르면 좋겠다는 편지를 받았다.

"대통령 아저씨께서 수염을 기르시면 참 멋질 거예요."

소녀의 편지를 받고 링컨은 미소를 지었다.

"어디 한 번 수염을 길러볼까."

소녀의 요청대로 수염을 기른 링컨은 평생토록 수염을 길렀다.

링컨의 위대성은 바로 여기에 있다. 작은 것 하나에도 최선을 다하는 마음, 작은 부탁 하나에도 진지하게 응하는 그 진정성이 야말로 링컨을 위대한 대통령이 되게 했던 것이다.

언젠가 강연을 하며 사람들에게 질문을 한 적이 있다.

"여러분은 어떤 사람에게 관심이 가십니까?"

이 물음에 '진정성 있는 사람'이라는 답변이 많았다. 진정성이란 진실한 마음, 정직한 마음, 성실한 마음, 이 모든 것을 합쳐 놓은 마음이다.

진정성 있는 사람들의 몇 가지 특징이다.

첫째, 언제나 정직하게 말하고 행동한다.

둘째, 허영심과 사치를 멀리한다.

셋째, 겸손하고 교만하지 않는다.

넷째, 남을 높여 주고 칭찬을 잘한다.

다섯째, 근면하고 성실하다.

여섯째, 배려하고 양보를 잘한다.

아무리 명성이 높고, 돈이 많고, 무소불위의 권력을 가졌다 하더라도 진정성이 없다면 존경을 받을 수 없다. 진정성 있는 삶이야말로 누구에게나 존경받는 삶이다. 진정성 넘치는 사람이 되라.

진정성 있는 사람은 자신의 유익을 위해 거짓을 말하지 않으며,
남을 해치지 않으며, 상대의 인격을 침해하지 않는다.
매사에 믿음과 신뢰를 갖고 대한다.
진정성은 어떤 상황에서도
인격적으로 행동하게 하는 좋은 마인드이다.

각각 은사를 받은 대로
하나님의 여러 가지 은혜를 맡은
선한 청지기 같이 서로 봉사하라

_ 베드로전서 4장 10절

나누는 삶이 주는 행복

프랑스 작가이자 비평가인 아나톨 프랑스는 말했다.

"이 세상의 참다운 행복은 남에게서 받는 것이 아니라, 내가 남에게 주는 것이다. 그것이 물질적인 것이든 정신적인 것이든, 인간에게 있어서 가장 아름다운 행동이기 때문이다."

아나톨 프랑스의 말처럼 산다는 것은 결코 쉽지 않다. 그렇게 산다는 것은 자신을 헌신할 수 있을 때에만 가능하기 때문이다.
자신을 헌신하는 것은 사랑을 주는 것이며, 물질을 나누는 것이며, 내가 가진 행복을 나누는 것이다. 이렇게 살 자신이 있다면 그 사람은 진정한 기쁨과 행복을 얻을 수 있다.

그렇게 산다는 것이 말처럼 쉽지 않음에도 불구하고 그렇게 살아가는 사람들이 있어 세상은 아름다운 것이다.

한비야는 작가가 되기 전 평범한 직장인이었다. 그러던 어느 날 그녀는 현실의 자기 모습에서 새로운 무언가를 찾아야겠다는 강한 자의식을 발견한다. 그녀는 회사를 그만두고 여행을 떠나기로 결심을 하고 세계 오지를 여행했다. 여행 도중 힘들게 살아가는 이방인들을 보며 그들을 도와야겠다는 생각을 하게 되었다. 그녀는 여행을 마치고 돌아와 자신이 보고 듣고 느끼고 깨달은 것들을 묶어 책을 냈다. 독자들의 반응은 매우 뜨거웠다. 그래서 그녀는 자신이 결심한 대로 실천에 옮기기 시작했다.

그녀는 월드비전에서 나누는 삶을 실천해 옮기며 삶의 기쁨에 한껏 취해, 진정한 행복은 많은 것을 쥐고 있는 것이 아니라 내가 가진 것을 나누는 것이라는 것을 알았다.

사람들은 머리로는 이를 잘 알고 있지만 가슴으로는 제대로 느끼지 못하는 것 같다. 가슴으로 느끼려면 자신이 가진 것을 나누어 보아야 한다. 비록 내가 가진 것이 작다 할지라도 나누어 보면 알게 된다. 나누는 것이 나를 행복하게 한다는 것을.

"어떻게 이 일을 하게 되었나요?"

자선사업을 하는 사람들에게 물어보면 공통적으로 하는 말이 있다.

"내가 가진 것을 나누다 보니 행복해진 나를 발견하게 되었습니다. 누군가로부터 받았을 때보다 그 행복의 깊이는 월등히 깊었습니다. 그런 깨달음을 얻은 후 이 일을 한시도 놓을 수가 없었습니다."

내가 가진 것을 나누는 기쁨은 산술적인 공식으로는 이해하지 못한다.

"나에게는 왜 이렇게 기쁜 일이 없을까?" 하고 말하는 사람들은 진실한 삶을 모르기 때문이다.

당신이 나눌 수 있는 게 무엇인지를 찾아보라. 그것이 '기쁨의 삶'을 사는 최고의 비결이다.

남을 도와주면 내가 도움을 받는 것보다도 기분이 더 좋다. 바로 내 사랑을 나누어 주었기 때문이다. 누군가에게 도움을 준다는 것은, 누군가를 위해 봉사를 한다는 것은 남도 행복하게 하지만 자신을 더 행복하게 하는 일이다. 자신의 행복을 위해서라도 더 많이 나누고, 더 많이 사랑하라.

네 시작은 미약하였으나
네 나중은 심히 창대하리라

_욥기 8장 7절

어려움을 이겨 내면 훗날 크게 번성할 것이다

지독한 어려움을 딛고 자신의 삶을 성공으로 이끌어 낸 사람들은 모두가 강철 의지를 지녔다. 그 어떤 어려움도 뚫고 나갈 만큼 강한 의지와 끈기는 그들에게 최대의 무기였다.

아무리 능력이 출중해도 강철 같은 의지가 없다면 성공할 수 없다. 그러나 능력은 조금 부족해도 강철 같은 의지가 있다면 성공할 수 있다. 다음은 이를 잘 알게 해 주는 이야기이다.

구약성경 〈욥기〉에 보면 '욥'이라는 사람이 나온다. 하나님은 욥을 아주 만족스럽게 여겼다. 그는 진실되고 의로운 사람이었기 때문이다.

그런데 사탄이 욥에게 고통을 주면 그가 하나님을 저주할 거라고 말했다. 그 말을 들은 하나님께서는 그런 일은 없을 거라고 하셨다. 이에 사탄은 욥을 시험해 보겠다고 했고 하나님께서 승낙하셨다.

사탄은 욥의 많은 재산을 잃게 하고, 자식들도 죽게 하고, 종들도 죽게 하였다. 그러나 욥은 하나님을 원망하지 않았다. 그러자 이번엔 욥의 몸에 악성 종기를 나게 해서 고통을 주었다. 욥은 하도 가려워 질그릇 조각으로 몸을 박박 문질러댔다. 그것을 보고 그의 아내가 하나님을 욕하고 죽으라고 말했다. 그러나 욥은 그러지 않았다.

욥은 사탄의 온갖 시험에도 굴복하지 않고 이겨냈다. 그러자 하나님께서 크게 기뻐하시며 욥에게 전보다 갑절이나 많은 재물을 주고, 자식들을 주고, 자자손손 번창하게 했다. 욥은 사탄의 시험을 이겨 내고 영원토록 의인의 축복을 받았다.

《실낙원》을 쓴 시인 존 밀턴은 열악한 환경 속에서 눈이 멀고 병에 시달렸다. 그러나 그는 자신이 처한 최악의 상황에도 불만 대신 긍정적으로 생각하고 행동했다.

"최악의 고통을 겪어봐야 좋은 작품을 쓸 수 있다."

존 밀턴의 말은 그의 강인한 의지를 잘 알게 해 준다. 그랬기에 그는 대서사시 《실낙원》이라는 명작을 쓸 수 있었다.

'음악의 어머니'로 불리는 작곡가 프리드리히 헨델을 보자. 그는 갑자기 앓게 된 중풍으로 최악의 고통을 겪어야만 했다. 몸을 제대로 가눌 수도 없었고, 시력마저 잃고 극심한 우울증에 시달려야 했다. 그러나 그는 절망하지 않았다. 그가 절망 대신 택한 것은 음악이었다. 그는 눈을 감고 고요히 떠오르는 악상을 떠올렸다. 그러자 가슴 저 깊은 곳으로부터 선율이 들려오기 시작했다. 헨델은 즉시 악보로 옮기기 시작했다. 그리고 자신조차 놀라워할 작곡을 했는데 바로 그 유명한 〈메시아〉이다.

어려움을 이기고 최고가 된 사람들에게는 공통점이 있다.

첫째, 자신에 대한 신념이 강했다.

둘째, 아무리 고통스러워도 그것을 고통이라고 여기지 않았다. 오히려 자신이 극복해야 할 인생의 과정으로 삼았다.

셋째, 희망을 부여잡고 자신에게서 의욕이 떠나지 않게 했다.

넷째, 고통을 고통이라고 여기지 않았다.

이러한 공통점들이 그들을 최악의 순간에서 벗어나 최고의 인생이 되게 했다.

어려움은 누구에게든지 찾아온다. 그럴 때 쓰러지는 사람은 다시 일어서지 못한다. 그러나 독하게 맞서는 사람은 어려움을 물리치고 자신이 원하는 삶을 살게 된다.

이에 대해 배시 영은 말했다.

"자기 자신을 이겨냈을 때보다 더 신나는 것은 없다. 내면의 오랜 적들을 물리치면서 승리를 얻기 위해 노력해야 한다."

어려움을 고통이라고 여기기 마라. 자신을 축복해 주는 삶의 선물이라고 여기며 적극적으로 대처하라. 그것이 성공의 비법이다.

어려움은 누구에게든지 온다. 그러나 어려움을 어려움이라고 생각하면 고통으로만 여기게 된다. 어려움을 축복으로 가는 과정이라고 여겨라. 그리고 어려움과 맞서 싸워라. 어려움이 손을 들고 사라질 때까지 밀어붙여라. 그것이 어려움을 이기고 성공하는 가장 확실한 비법이다.

**평안을 너희에게 끼치노니
곧 나의 평안을 너희에게 주노라
내가 너희에게 주는 것은
세상이 주는 것과 같지 아니하니라
너희는 마음에 근심하지도 말고
두려워하지도 말라**

_요한복음 14장 27절

생각을 바꾸면 길이 보인다

현대인들은 너 나 할 것 없이 불안한 심리에서 자유롭지 못하다. 가장들은 직장에서 떨려날까 노심초사하고, 취업이 안 된 20대, 30대들은 불투명한 미래로 인해 불면증에 시달린다고 한다.

우리나라 50대 10명 중 7명이 일하고 있으며, 청년 10명 중 6명이 백수라고 한다. 이처럼 불안정한 경제구조 속에서 살아가자니 어찌 마음이 불안하지 않을 수 있을까.

그러나 마음이 불안하지 않다면 그것 또한 심각한 일이 아닐 수 없다. 왜냐하면 포기 단계에 들었다는 것을 의미하기 때문이다.

어느 날 30대 초반의 한 남자로부터 전화를 받았다. 하루하루가 지옥 같다고 했다. 이력서를 내는 족족 퇴짜를 맞고 보니 어떻게 해야 좋을지 모르겠다며 호소하였다. 나는 먼저 그의 불안한 마음을 위로해 주었다. 그리고 얼마나 이력서를 넣었는지 물어보았다. 그랬더니 39번이나 된다고 했다.

나는 그의 말에 이렇게 말했다.

"그 정도는 누구나 겪는 일입니다. 어떤 여성은 120번이나 넣었지만 다 퇴짜를 맞았다고 하더군요. 그러자 오기가 생기더랍니다. 그래서 그동안 지원했던 대기업은 모두 포기하고 눈높이를 낮춰 중소기업에 이력서를 넣었는데 3번 만에 합격했다고 해요. 지금은 만족한다고 하더군요. Y씨도 눈높이를 낮춰 보세요. 실력 있는 사람들 숲에서보다 그렇지 않은 곳에서 길을 찾아본다면 생각지도 못한 기회가 올 수도 있습니다. Y씨가 이해 못할 수도 있지만 인생을 오래 살다 보면 이런 경험을 반드시 하게 됩니다. 그러니 기죽을 것 없습니다. 사람보다 중요한 것은 세상에 없습니다. 지금 죽을 것처럼 힘들겠지만, 이 또한 Y씨가 반드시 짚고 가야 할 인생의 과제라고 생각하세요. 그렇게 생각을 바꾸면 안 보이던 길이 보일 겁니다. 내일부터 눈높이를 낮춰 내가 잘할 수 있는 곳이 어디 있는지 꼼꼼히 살펴보세요. 좋은 일이 있기를 바랍니다."

그는 내 얘기를 듣고 많은 용기를 얻었다며 고마워했다.

인생을 살다 보면 지금은 이것이 정답인 것 같지만 지나고 나면 그보다 더 정답인 것이 있고, 지금은 별것 아닌 것 같지만 지나고 나면 그것이 썩 괜찮은 것이었다는 걸 알게 된다. 이것이 인간으로서 갖는 한계이며, 아이러니이다. 그렇다. 인생은 아이러니하다.

"불안스러운 마음으로 풍족하게 사는 것보다도, 나는 두려움과 걱정 없이 부족한 생활을 하는 것이 행복하다."

고대 그리스 스토아 학파의 대표적인 철학자 에픽테토스의 말이다. 그는 노예 출신의 철학자지만 높은 인격과 뛰어난 학식으로 많은 사람들로부터 존경을 받았다. 그의 말 속엔 마음을 평안히 하는 비법이 들어 있다. 그것은 불안한 마음으로 풍족하게 살지 않고 두려움 없이, 걱정 없이 부족함 그 자체를 받아들이는 삶이다.

죽을 먹어도 편안히 먹으면 그것이 행복이다. 산해진미의 진수성찬을 먹어도 마음이 불안하면 그것은 불행이다.

이렇듯 마음을 편안하게 하는 것은 자신의 의지에 달려 있다. 자신을 닦달하면 자신이 불편해지지만, 마음에 여유를 가지려고 하면 평안한 마음이 된다. 많은 사람들이 불안해하고 불편해하는 것은 자신이 가진 능력보다 더 많은 것을 바라기 때문이다. 자기 분수를 아는 것, 이것이 마음을 평안히 하는 지혜이다.

남보다 더 많이 가지려고 애를 쓰고 있다면, 남보다 높은 자리에 오르려고 혈안이 되어 있다면, 남보다 명예로운 사람이 되려고 기를 쓰고 있다면 그 마음을 접어라. 그것이 자신을 불행하고 불안스럽게 하는 것이다. 열심히 일하고, 공부하고, 노력하다 보면 기회는 온다. 그러니 스스로를 불안하게 하지 마라.

자신의 능력에 벗어나는 것은 탐욕일 뿐이다. 마음이 평안해야 진정한 행복이다.

평안을 주어도 그것을 받아들이는 사람이 불편하면 그것은 평안이 아니다. 진정으로 평안한 것은 불안한 마음이 없을 때이다. 평안한 마음이 되고자 한다면 자신의 능력을 벗어나는 일에서 손을 놓아라. 모든 불행은 넘치는 탐욕에서 오고, 모든 평안은 탐욕을 버리는 데에 있다. 불안한 부자로 사느니 평안한 거지가 되어라.

너희도 길이 참고
마음을 굳건하게 하라

_야고보서 5장 8절

참고 견디어 마음을 굳건히 하라

"인내는 쓰나 그 열매는 달다."

참고 견디는 것은 어려워도 끝까지 참고 하다 보면 좋은 결과를 얻을 수 있다는 말이다. 그러나 과연 얼마나 많은 사람들이 이 문구의 의미대로 실천하고 있을까.

스티브 잡스, 빌 게이츠, 뉴턴, 베토벤, 조지 소로스, 링컨, 루스벨트 등 성공한 사람들은 하나같이 참고 견디며 마음을 굳건히 하고, 열심히 노력한 끝에 성공한 인생이 되었다. 여기서 분명히 해야 할 게 있다. 그들 역시 똑같은 사람이라는 것이다. 그럼에도 불구하고 그들은 자신을 이겨 내고 남들이 부러워하는 인생이 되었다는 것이다.

무슨 일이든 쉽게 되는 것은 없다. 땀을 흘리는 노력이 있어야 한다. 그런 노력 없이 성공한 인생이 되려고 하는 것은 자신의 인생을 모독하는 것이다. 그것은 성공을 도둑질하는 것과 마찬가지기 때문이다.

땀을 흘린 뒤 손에 쥔 트로피는 진정으로 값지다. 최선을 다하고 목에 건 메달은 더욱 빛난다. 가치 있는 것들은 하나같이 땀을 흘리는 노력에서 왔다. 땀을 흘리기 위해서는 많은 인내와 절제와 굳센 의지가 있어야 한다. 이런 것 없이 트로피만 손에 쥐려고 하는 것은 헛된 생각에 불과할 뿐이다.

이에 대해 자기계발전문가인 노만 빈센트 필 박사는 다음과 같이 말했다.

"어려움은 나뿐만 아니라 남에게도 있었다. 그들은 그 어려운 장벽 앞에서도 굴하지 않고, 힘차게 뚫고 나갔다는 것을 기억하라."

그렇다. 어려움은 누구에게나 찾아온다. 그것에 대처하는 사람들의 방법이 다를 뿐이다.

다음은 어려움에 대처하는 방법이다.

첫째, 어려움은 누구에게나 찾아오는 것이라고 여겨라. 그러면 자신이 결코 불행한 사람이 아니라고 여기게 된다. 그리고 자신에게 처해진 어떤 일도 해결하려는 의지를 갖게 된다.

둘째, 어려움이 닥쳤을 때 죽을 각오로 맞서라. 강력한 의지는 그 어떤 어려움도 극복할 수 있다.

셋째, 굳센 마음으로 견뎌라. 어려움은 그것을 견디는 자에게는 맥을 추지 못한다. 어려움을 이기는 가장 확실한 방법은 두려워하지 말고 끝까지 견뎌내는 것이다.

이 세 가지 방법을 실천에 옮긴다면 그 어떤 어려움도 능히 이겨낼 수 있다. 모든 성공은 눈물과 땀, 시련과 역경을 딛고 왔음을 명심해야 할 것이다.

모든 성공은 인내와 의지, 그리고 흔들림 없는 굳건한 마음에서 온다. 지금 이 순간 자신을 한 번 되돌아보라. 그리고 자신은 어떤 사람인가를 확인하라. 만일 당신이 인내와 의지와 마음이 굳건하다면 당신은 성공할 자격을 갖춘 사람이다. 그렇지 않다면 인내와 의지, 굳건한 마음으로 당신을 가득 채워라.

> 그들 가운데 어떤 사람들이 원망하다가
> 멸망시키는 자에게 멸망하였나니
> 너희는 그들과 같이 원망하지 말라
>
> _고린도전서 10장 10절

원망이란 못난이들의 허약한 투정이다

"부정한 혓바닥은 부정한 손보다 더 나쁘다."

《탈무드》에 나오는 말이다.

부정한 혓바닥이라는 것은 무엇인가.

첫째, 상대에게 상처를 주는 말이다.

남에게 상처를 주는 말은 총성 없는 총알과 같다. 상처를 주는 말은 상대를 불쾌하게 하고 심지어는 목숨을 위협하기도 한다. 네티즌들의 무분별한 악플에 세상을 등진 연예인들을 보면 그 폐해가 얼마나 심각한지 알 수 있다.

둘째, 상대를 원망하는 말이다.

상대를 원망하는 말은 상대의 영혼을 죽이는 말이다. 더군다나 아무런 근거 없는 원망이라면 더욱 심각하다. 원망은 상대는 물론 자신의 영혼까지도 더럽히는 추악한 짓이다.

셋째, 상대를 비난하는 말이다.

비난은 그 어떤 형태로든 해서는 안 된다. 모든 비난은 분노를 일으키는 무서운 독소이다. 훌륭한 인품을 가진 링컨도 한때 비난으로 인해 큰 고충을 겪은 적이 있다. 그는 의원 시절 상대 정치인을 '얼간이'라고 비난하다 결투를 받게 되었다. 생사가 오가는 찰나 그들을 아끼는 입회자에 의해 가까스로 결투를 멈출 수 있었다. 링컨은 이 사건을 계기로 비난이 얼마나 쓸데없고 위험한 것인지를 골수에 사무치게 느끼곤 두 번 다시는 그 어떤 비난도 하지 않았다고 한다.

이 세 가지 중에서 특히 원망에 대해 좀 더 이야기를 해 보도록 하자.

남을 원망하는 사람의 마음에는 미움이 가득하다. 마음에 미움이 가득하면 자신에게도 나쁜 영향을 끼친다. 왜냐하면 자신을 부정적인 인간으로 만들기 때문이다. 또한 원망하는 말은 독을 품고 있어 상대를 분노하게 만든다. 상대의 분노로 목숨과도 직결되는 해를 당할 수도 있다.

원망은 못난 사람들이나 하는 허약한 투정이다. 자신이 없으니까 숨어서 원망이나 하는 것이다. 원망할 시간이 있으면 그 시간에 긍정적인 생각을 하라. 긍정적인 생각과 말은 원망할 틈을 주지 않는다.

자신의 인생을 잘 살아가는 사람들의 입에는 원망이 없다. 원망이 얼마나 불필요하고 무가치한 것인지를 잘 알기 때문이다. 당신의 입술이 절대 원망하는 말에 물들지 않게 해야 한다. 오직 생산적이고 창조적인 말만 하라.

남을 탓하고 원망하는 사람들은 빨리 자신의 못된 습관을 고치지 않으면 안 된다. 그 못된 습관이 자신의 인생을 망칠지도 모르기 때문이다. 원망의 입술은 부정의 입술이다. 부정의 입술은 남도 죽이고 자신도 죽인다. 긍정적으로 말하고 창조적으로 말하는 입술이 되라. 그러면 자신도 잘되게 하고 남도 잘되게 한다.

바울이 공회를 주목하여 이르되 여러분 형제들아 오늘까지 나는 범사에 양심을 따라 하나님을 섬겼노라

_ 사도행전 23장 1절

양심 있는 행동은 거짓을 말하지 않는다

양심 없는 사람들이 저지르는 일에 심한 분노가 일 때가 있다. 특히 먹는 것을 가지고 국민을 대상으로 사기를 치는 이들은 분노를 극대화한다. 이는 불특정 다수의 생명을 위협하는 반살인적 행위이기 때문이다.

몸에 치명적인 공업용 색소를 입힌 고춧가루를 김치에 넣는 사람들, 생선의 무게를 나가게 하기 위해 납덩어리를 넣는 사람들, 유통기한이 지난 제품의 날짜를 고쳐 유통시키는 업자들, 손님이 먹다 남긴 음식을 재활용하여 다시 내놓는 식당 주인들, 아이들에게 날짜 지난 우유를 먹게 하는 양심 없는 유치원 원장들,

꽃게의 무게를 속여 파는 양심 없는 어물전 주인들, 물 먹인 소를 잡아 유통시키는 축산업자들, 보험금을 노리고 사기를 치는 사람들 등 삐뚤어진 양심을 가진 사람들을 보면 어떤 생각이 드는가.

나는 사람들의 목숨을 갖고 장난질 치는 못된 자들에게는 근본적인 문제가 있다고 생각한다. 그리고 한편으로 우리나라 법이 너무 무르다는 것에 화가 난다. 먹는 것 가지고 장난치다 잡혀도 얼마간의 벌금을 내거나 약간의 징역형을 받으면 그걸로 끝이다. 벌금이나 형벌이 약하다 보니 또다시 같은 짓을 되풀이한다.

그 어떤 것보다 먹는 것을 갖고 사기를 치는 악덕상인이나 업자들은 살인죄에 해당하는 무거운 형벌을 가해야 한다. 그러지 않으니 뒤돌아서서 콧방귀를 뀌며 법을 비웃고 조롱한다.

미국을 보면 이 같은 경우, 아주 무거운 형벌로 엄벌에 처하는 것을 볼 수 있다. 벌금을 매겨도 죄질에 따라 수백억에서 수천억에 이르는 벌금을 내린다. 이처럼 형벌이 엄하다 보니 우리보다 공정한 사회를 이루는 것이다. 그런데 왜 우리는 그렇게 못하는지 이해가 가지 않는다.

"눈이 보이지 않는 것보다 마음이 보이지 않는 것이 더 무섭다."

《탈무드》에 나오는 이 말은 양심을 더럽히는 것이 얼마나 무서운 죄인지를 잘 알게 해 준다.

양심을 더럽히는 일은 영혼을 죽이는 일이다. 그렇게 해서 번 돈으로 집을 사고, 좋은 옷을 입고, 기름진 음식을 먹으면 정말 행복할까. 자신의 양심을 더럽히지 마라. 그것은 스스로를 죄에 갇히게 하는 패역한 일이다.

밝은 양심은 모두를 행복하게 한다. 모두가 행복한 사회, 모두가 행복한 나라가 될 때 파라다이스는 존재하게 될 것이다.

비양심적인 행동은 도덕적인 결함을 갖게 한다. 그런데 양심을 더럽히는 일을 아무 거리낌 없이 저지르는 사람들이 있다. 그런 사람들을 보면 어떤 뇌 구조를 가졌는지 자못 궁금하다. 어떻게 같은 사람으로서 그런 일도 서슴지 않고 하는 걸까. 양심을 파는 일은 자신도 남도 불편하게 하는 일이다. 양심은 그 사람의 얼굴과도 같다. 양심을 저버리는 짓은 절대 하지 말아야 한다.

**소망의 하나님이 모든 기쁨과 평강을
믿음 안에서 너희에게 충만하게 하사
성령의 능력으로
소망이 넘치게 하시기를 원하노라**

_로마서 15장 13절

소망하라, 그대가 꿈꾸는 것에 대해

세계적인 베스트셀러《연금술사》를 비롯해《피에트라 강가에서 나는 울었네》, 에세이《흐르는 강물처럼》으로 잘 알려진 파울로 코엘료는 이렇게 말했다.

"무언가를 간절히 원할 때, 온 우주가 소망이 실현되도록 도와준다."

코엘료의 말엔 소망하면 반드시 이루어진다는 확신이 차고 넘친다. 이에 대한 이야기이다.

21세기 세계 오페라계의 대표적인 선두주자인 이탈리아의 체칠리아 바르톨리는 이탈리아 로마에서 태어났다. 그녀의 부모는 로마 오페라 단원이었다. 그녀의 어머니는 바르톨리에게 노래를 가르쳤다. 그때부터 어린 바르톨리에게는 꿈이 생겼다. 부모처럼 평범한 오페라 가수가 아닌 세계 최고의 오페라 가수가 되는 것이었다.

바르톨리는 자신의 꿈을 이루기 위해 희망을 품고 노력에 노력을 다했다. 힘들고 어려운 점도 많았다. 어떤 때는 '정말 내가 잘 해낼 수 있을까.' 하는 불안한 마음도 들었다.

그러나 바르톨리는 그때마다 자신을 믿고 참아냈다.

드디어 바르톨리에게 기회가 왔다. 1985년, 19세의 나이에 바리톤 레오 누치와 함께 텔레비전 쇼에서 노래를 부르게 된 것이다. 그녀는 천재일우의 기회를 잘 살려 자신의 실력을 유감없이 보여 주었다. 이 일로 그녀는 오페라 가수로서의 충분한 가능성을 인정받고 탄탄대로를 걷기 시작했다.

바르톨리는 오페라 작곡가인 로시니가 작곡한 〈세비야의 이발사〉의 '로시나'와 〈라 체네렌톨라〉의 타이틀 롤, 모차르트의 〈피가로의 결혼〉의 '케루비노', 〈코시 판 투테〉의 '도라벨라' 역을 맡아 열연했다. 메조소프라노임에도 불구하고 소프라노가 맡는 역인 〈돈 조반니〉의 '체를리나'와 〈코시 판 투테〉의 '데스

피나'도 맡아 자신의 실력을 한껏 보여주며 세계적인 오페라 가수로 우뚝 서게 되었다.

바르톨리가 세계적인 오페라 가수로 성공한 것은 자신이 바라는 것을 소망하고, 끊임없는 노력으로 최선을 다했기 때문이다.

소망은 인간에게 다음과 같은 영향을 미친다.

첫째, 목표 의식이 분명해진다.

둘째, 아무리 힘든 일도 능히 하게 한다.

셋째, 자신감을 넘치게 한다.

넷째, 실패도 두려워하지 않게 한다.

다섯째, 긍정적인 마음이 되게 한다.

여섯째, 자신을 존중하고 사랑하게 한다.

일곱째, 용기를 준다.

여덟째, 마음에 여유를 준다.

아홉째, 불가능을 가능하게 한다.

열째, 인생을 풍요롭게 한다.

그렇다. 소망을 갖고 생활하면 두려움이 없어지고, 자신감이 생긴다. 똑같은 어려움을 만나도 잘 이겨 내는 사람은 바로 소망을 품고 살기 때문이다.

소망을 품고 "나는 할 수 있다, 꼭 해내고야 말겠다."라는 마음을 가져라. 그러면 반드시 그렇게 된다.

소망은 바라는 것들의 실상이다. 소망을 품고 믿으면 그렇게 된다. 하지만 소망을 품고도 믿지 않으면 될 수 없다. 소망은 모든 가능성을 열어 준다. 매사에 소망하라. 그러면 바라는 것들이 눈앞에서 실현되는 축복을 받게 될 것이다.

CHAPTER 4

지혜는
진주보다 귀한
인생의 보석이다

그러므로 깨어 있으라
어느 날에 너희 주가 임할는지
너희가 알지 못함이니라

_마태복음 24장 42절

생각이 깨어 있는 삶

깨어 있는 사람과 그렇지 않은 사람은 생각 자체가 다르다. 깨어 있는 사람은 창조적이고, 혁신적이며, 생산적인 마인드를 가졌다. 그래서 새로운 변화를 좋아하고, 처음 시도하는 일에도 두려워하지 않는다.

반면에 깨이지 못한 사람은 비창조적이고, 비혁신적이며, 비생산적이다. 고정관념에 깊이 뿌리박혀 있어 새로운 것을 두려워하고 매우 조심스러워한다.

자신이 원하는 것을 얻기 위해서는 생각이 깨어 있어야 한다. 그리고 끊임없이 시도해야 한다. 이러한 열정이 자신의 삶을 창조적으로 이끌어내고 행복을 누리게 한다.

다음은 깨어 있는 생각에 대한 이야기이다.

유럽의 가난한 덴마크를 부유한 나라로 이끈 지도자 그룬트비. 그는 어떻게 하면 덴마크를 잘사는 나라로 만들 수 있을까 늘 생각하였다. 덴마크는 자원도 부족하고 뭐 하나 제대로 갖춰진 것이 없는, 별 볼 일 없는 작은 나라였다. 하지만 그룬트비는 덴마크를 잘사는 나라로 이끌 수 있다고 확신했다.

먼저 해야 할 일은 바로 국민들의 닫힌 생각을 깨이게 하는 것이었다. 그는 의식개혁 프로젝트를 세워 자신의 혁신적인 생각을 심어 주었다.

"우리는 할 수 있습니다. 우리에겐 꿈이 있으니까요. 우리 모두 잘사는 그날까지 한마음이 되어 나아갑시다!"

피가 끓어오르는 듯한 그룬트비의 연설은 국민들의 가슴에 우리도 할 수 있다는 강한 확신을 심어 주었다. 시간이 흐르면서 닫혀 있던 사람들의 생각이 서서히 열리는 것을 느낄 수 있었다. 그룬트비는 잠시도 틈을 주지 않고 계속 독려하였다. 국민들의 생각이 하나로 모아지자 강력한 에너지가 되었다. 그룬트비는 나무를 심고 풀을 심어 목초지를 조성하였다. 그리고 젖소를 대량으로 사육하기 시작했다. 우유를 생산하고, 치즈를 만들어 수

출하였다. 청정자연에서 정성껏 키운 젖소에서 생산된 우유와 치즈는 선풍적인 인기를 끌며 유럽을 비롯한 세계 각국에서 주문이 쇄도하였다. 그룬트비는 더욱 혁신적인 낙농기술을 개발하는 데 역점을 두었다. 어느덧 덴마크는 더 이상 가난한 나라가 아니었다. 주변 국가가 놀라움을 감추지 못할 정도로 잘사는 나라가 되었다.

오늘날 덴마크는 유럽 국가 중에서도 가장 잘사는 나라이다. 또한 복지제도가 가장 우수한 나라이기도 하다.

풍부한 지하자원도 없이, 인적자원도 없이 유럽 최고의 국가 중 하나가 될 수 있었던 것은 바로 그룬트비라는 깨어 있는 인물 때문이었다. 이렇듯 깨어 있는 한 사람의 힘은 나라를 바꿀 만큼 힘이 세다.

미국의 언론인이자 강연가인 클로드 M. 브리스톨은 이렇게 말했다.

"사고는 모든 부와 모든 성공, 모든 물질적인 이익과 모든 위대한 발견과 발명, 모든 성취의 원천이다."

브리스톨의 말처럼 깨어 있는 혁신적인 사고는 마음먹은 것을 이루게 하는 가장 기본적이면서 가장 확실한 방법이다.

경계해야 할 것은 오늘에 안주하는 비생산적인 마인드이다. 비생산적인 마인드는 모든 가능성을 막아버리는 부정적인 요소이며, 당장 버려야 할 쓰레기 같은 생각의 부유물이다. 탁한 공기를 신선한 공기로 갈아주듯 이런 마음을 창조적이고, 혁신적이고, 생산적인 마인드로 전환시켜야 한다. 그렇게 될 때 자신이 원하는 것을 얻음으로써 만족한 나로 살아가게 되는 것이다.

성공한 인생들은 모두 깨어 있는 사람들이었다. 성공하고 싶다면 늘 깨어 있어야 한다.

모든 창조는 깨어 있는 생각에서 온다. 모든 파괴는 닫힌 생각에서 온다. 깨어 있는 삶을 사는 것, 그것이 창조이며, 혁신이며, 이상이며, 행복이다.

그 때에 베드로가 나아와 이르되

주여 형제가 내게 죄를 범하면

몇 번이나 용서하여 주리이까

일곱 번까지 하오리까

예수께서 이르시되

네게 이르노니 일곱 번뿐 아니라

일곱 번을 일흔 번까지라도 할지니라

_ 마태복음 18장 21~22절

용서하라, 마음이 후련해질 때까지

용서는 인간을 신에게 이끄는 가장 아름다운 행동이다. 생각해 보라. 자신에게 상처를 준 사람을 용서한다는 것이 얼마나 어려운 일인지를. 그래서 용서는 아무나 할 수 없는 일이라고 하지 않던가. 그러나 우리는 용서해야 한다. 지금 우리 사회는 서로 반목하고 질시하는 사람들로 가득 차 있다. 정치하는 이들은 민생을 위한답시고 연일 날을 세워 서로 공격을 해대고, 노사는 자신들의 입장만을 내세워 툭하면 파업으로 치닫는다. 학교는 학교대로, 가정은 가정대로 온 사회가 서로 공격하는 데 익숙해져 있다. 반면 용서하는 것엔 매우 서툴고 인색하다.

참된 용서만이 모두를 하나가 되게 하여 사랑이 넘치고, 행복이 넘치는 나와 너와 우리로 이끌 수 있다.

아주 오래전 손양원이라는 목사가 있었다. 그에게는 아들이 있었는데 친구와 싸우다 그만 죽고 말았다. 아들을 잃은 슬픔은 하늘이 무너지는 것보다 더했다. 그러나 그는 슬픔을 억누르고 아들을 죽게 한 친구를 용서해 주었다. 더 놀라운 것은 그를 양아들로 삼았다는 것이다.

양아들이 된 아들의 친구는 속죄하며, 양심을 잘 지키는 선한 사람이 되었다.

아들을 죽인 원수를 용서할 수 있었던 힘은 바로 '사랑'이었다.

"원수를 네 몸과 같이 사랑하라."는 예수님의 말씀을 그대로 실천한 것이다. 손양원 목사는 참 믿음을 가진 목자였다.

용서하는 것처럼 어려운 일은 없다. 하지만 그래도 용서해야 한다. 용서는 사랑의 마음이다.

미국의 시인 존 휘티어는 용서에 대해 이렇게 말했다.

"용서라는 달콤함을 모르는 사랑은 사랑이 아니다."

존 휘티어의 말처럼 용서하기 위해서는 진정으로 사랑하는 마음이 되어야 한다. 이 험한 세상을 지혜롭게 살아가기 위해서는 '용서'라는 아름다운 삶의 기술을 반드시 배워야 한다.

용서는 아름다운 사랑이다.

용서는 사랑의 마음이다. 용서가 아름다운 것은 사랑이 함께하기 때문이다. 용서를 잘하는 사람은 사랑이 많고, 용서에 인색한 사람은 사랑이 없다는 말은 매우 근거가 있는 말이다. 용서하라, 마음이 후련해질 때까지. 용서는 참된 사랑이며, 너그러운 품격이다.

너희에게 믿음이
겨자씨 한 알 만큼만 있어도
이 산을 명하여 여기서 저기로
옮겨지라 하면 옮겨질 것이요
또 너희가 못할 것이 없으리라

_마태복음 17장 20절

겨자씨만 한 믿음의 중요성과 그 위대성

씨 중에서 가장 작은 씨는 겨자씨이다. 그런데 겨자씨만 한 믿음만 있어도 이쪽 산을 저쪽으로 옮길 수 있다고 예수님은 말씀하신다. 이 말이 주는 의미의 본질은 확신이다. 내가 무엇을 어떻게 할 수 있다는 확신이 있다면 자신이 원하는 그 어떤 것이라도 이룰 수 있다. 이것이 믿음을 가져야 하는 이유인 것이다.

그렇다면 어떻게 해야 이런 믿음을 가질 수 있을까.

믿음엔 종교적인 관점에서의 믿음과 인간적인 관점에서의 믿음과 자신에 대한 믿음이 있다.

먼저 종교적인 믿음은 하나님을 받아들임으로써 생기는 확신이다. 종교적인 믿음은 절대적이며 내세에 기반을 둔다. 그래서 종교적인 믿음에 몰입이 되면 강한 확신에서 강력한 에너지가 발생한다.

그리스도교 최초의 순교자인 스데반. 그가 박해를 받아 순교를 당하면서도 행복으로 받아들이고, 축복으로 받아들이고, 영광으로 받아들인 것은 바로 하나님에 대한 강력한 확신에서였다. 종교적인 믿음은 아주 절대적이다.

둘째, 인간적인 관점에서의 믿음은 이해타산적이다. 나에 대한 상대방의 태도에 따라 작용하기 때문이다. 상대와의 좋은 관계를 유지하고 싶다면 상대에게 자신에 대한 강한 확신을 심어 주어야 한다. 그렇게 될 때 상대 또한 자신의 믿음을 나에게 보여 주기 때문이다. 그러기 때문에 상대와 좋은 관계를 유지하고 싶다면 강한 믿음을 보여 주어야 한다.

셋째, 나 자신에 대한 믿음은 스스로에 대한 확신이다. 이를 신념이라고 한다. 신념이 강하다는 것은 스스로에 대한 믿음이 강하다는 것을 의미한다. 스스로에 대한 믿음이 강한 사람은 자신에 대한 확신이 강하기 때문에 자신이 이루고자 하는 일에 있어 성공할 확률이 크다. 신념이 강하냐, 약하냐는 자신에 대한 믿음이 강한지 약한지의 문제인 것이다.

믿음의 주체가 무엇이냐에 따라 각기 믿음의 차이는 있을지라도 자신이 원하는 것에 대한 '강한 확신'이라는 본질은 같다. 그만큼 믿음은 중요하다는 것이다.

다음은 절대적인 믿음의 가치에 대해 잘 알게 하는 이야기이다.

이스라엘 왕국은 블레셋의 침략으로 극심한 어려움을 겪고 있었다. 블레셋 군대에는 골리앗이라는 거인이 있었다. 그런데 이스라엘 왕국엔 이 거인을 이길 만한 장수가 없었다. 이때 소년인 다윗이 나서서 그와 맞섰다. 도저히 싸움이 될 것 같지 않았지만 놀랍게도 싸움에서 이긴 사람은 다윗이었다.

다윗이 골리앗을 이길 수 있었던 것은 바로 믿음이었다. 다윗은 믿음으로 싸우면 이길 수 있다는 확신을 가졌던 것이다.

미국의 소설가 매들린 랭글은 다음과 같이 말했다.

"긍정적인 태도는 강력한 힘을 갖는다. 그 어느 것도 그것을 막을 수 없다."

매들린 랭글이 말한 긍정적인 태도는 무엇인가. 그것은 곧 믿음을 말한다. 그 어느 것으로도 막을 수 없는 믿음, 이 믿음이야말로 모든 것을 가능하게 하는 영생의 에너지이다.

믿음을 가져라. 그것이 종교적인 믿음이든, 인간에 대한 믿음이든, 자신에 대한 믿음이든 믿음은 자신을 지키는 '인생의 느티나무'가 되어 줄 것이다.

정주영은 맨주먹으로 현대그룹을 세계적인 기업으로 키웠다. 그가 그렇게 할 수 있었던 것은 물질도 아니고, 권력도 아니었다. 바로 자신에 대한 믿음이었다. 그는 강철 같은 믿음으로 불가능을 가능으로 만들었던 것이다. 믿음은 '무에서 유를 창조하는 강력한 확신'이다.

복 있는 사람은
악인들의 꾀를 따르지 아니하며
죄인들의 길에 서지 아니하며
오만한 자들의 자리에 앉지 아니하고
오직 여호와의 율법을 즐거워하여
그의 율법을 주야로 묵상하는도다
그는 시냇가에 심은 나무가
철을 따라 열매를 맺으며
그 잎사귀가 마르지 아니함 같으니
그가 하는 모든 일이 다 형통하리로다

_ 시편 1편 1~3절

복 있는 사람은 죄악으로부터 멀리 있다

복 있는 사람은 어떤 사람일까. 돈이 많은 사람, 자식이 많은 사람, 건강한 사람, 명예가 있는 사람, 권세가 있는 사람, 하는 일마다 잘되는 사람 등이 대부분의 사람들이 갖는 복에 대한 생각일 것이다.

그러나 성경은 이것과 달리한다. 성경에서의 복 있는 사람은 악한 사람을 따르지 않고, 죄인과 함께하지 않으며, 오만한 자들과 어울리지 않으며, 하나님의 뜻을 따르는 사람이라고 말한다. 그리고 이런 사람은 철따라 과실을 맺는 나무와 같고, 잎사귀는 늘 푸른 것처럼 하는 일마다 다 잘된다고 말한다.

이렇듯 사람이 생각하는 복과 성경이 말하는 복에 대한 관점은 매우 다르다. 인간의 관점에서 생각하는 복은 인간 중심이다. 즉 다분히 속물적이다. 그러나 성경에서 말하는 복은 본질적인 인간의 자세에 대한 것이다.

그러면 인간다운 삶은 무엇을 말할까.

“자신에게 주어진 책임은 다하되, 욕심이 나는 자리라도 자신을 필요치 않은 일에는 미련을 두지 않는다.”

이는 《논어》에 나오는 말이다. 이 말엔 인간답게 살아야 한다는 메시지가 담겨 있다. 욕심이 나는 자리라도 자신을 필요치 않으면 욕심을 내지 말라는 말이 그것을 말해 준다.

지금 우리 사회는 지나친 욕심으로 인해 힘들 게 쌓은 공든 탑을 무너뜨리는 사람들이 연일 매스컴을 장식한다. 화려했던 시절은 어디로 가고 하나같이 법의 심판대에 오른다. 모두 지나친 탐욕이 빚어낸 결과이다. 자업자득인 것이다.

이들의 삶을 성서적 관점에서 본다면 가장 비참하고 불행한 사람들일 것이다.

모든 불행은 탐욕에서 온다. 탐욕은 복을 가로막는 죄악이다. 참으로 복 있는 자는 죄악으로부터 멀어지는 자이다.

사람들이 잘못 생각하는 것 중 가장 보편적인 것은 복을 물질에 두는 것이다. 즉 잘 사는 사람은 복이 있고, 못사는 사람은 복이 없다고 생각하는 것이다. 이는 복을 물질에서 찾는 소인배적인 생각에 불과할 뿐이다. 진정한 복은 인간답게 사는 것, 많은 사람들로부터 인정받는 것, 누군가에 필요한 존재가 되는 것, 내가 있음으로 이 사회가 조금 더 행복해지는 것이다. 이런 사람이야말로 하나님께서 원하시는 복 있는 사람이다.

포악을 의지하지 말며
탈취한 것으로 허망하여지지 말며
재물이 늘어도 거기에 마음을 두지 말지어다

_시편 62편 10절

변함없는 마음으로 산다는 것의 의미

사람은 환경에 아주 민감하다. 그래서 환경이 변하면 자신의 모습을 바꾸어 버린다. 새로운 환경에 자신을 맞춰 가는 것은 처세이며 지혜이다. 새로운 변화에 따라 자신을 맞춰 간다는 것은 매우 긍정적인 의미라고 하겠다.

하지만 삶의 환경이 달라졌다고 해서 마음의 본질까지 바뀐다면 곤란하다. 그것이 부정적인 방향이라면 더욱 그렇다. 자신의 삶이 달라졌다고, 겸손하던 사람이 교만해지거나 거만해진다면 이는 한참 잘못된 일이다. 이런 사람은 환경에 지배를 받는 환경의 노예이다. 이런 사람은 주변 사람들에게 상처를 주고, 사람들과 멀어지게 된다.

내가 아는 어떤 이는 사람 좋기로 소문이 자자했다. 남의 어려움을 자신의 일처럼 여겨 발 벗고 나서 도와주는가 하면, 궂은 일도 마다하지 않아 사람들의 칭송이 자자했다.

나 역시 그와 아주 친밀한 관계를 유지하는 각별한 사이였다. 그런데 그가 투자한 부동산이 호재를 맞아 하루아침에 돈방석에 앉게 되었다. 그는 넓은 평수의 아파트로 이사를 하고, 고급 세단을 구입하여 주변 사람들의 부러움을 샀다. 그러자 언젠가부터 서서히 변하기 시작했다. 주변 사람들을 은근히 무시하고 자신을 과시했던 것이다.

"참 좋은 사람이었는데 점점 이상하게 변하네."

"그러게 말야. 돈이 사람을 망치는 것 같아."

"그래, 돈이 요물이지. 그렇게 좋던 사람을 변하게 하니 말일세."

그를 잘 아는 사람들은 이렇게 말하며 그의 변심을 안타까워하였다. 그는 나에게도 같은 모습을 보여 주었다. 자신을 과시하는 행동이 나를 몹시 실망시켰다.

"돈은 사람에게 참다운 명예를 가져다 주지 않는다. 아무리 돈을 벌어도 그것만 가지고는 참다운 명예를 살 수 없다."

이는 《탈무드》에 나오는 말이다. 돈은 단지 돈일 뿐이다. 돈 자체가 그 사람의 품격을 높여 주는 것은 아니다. 품격이란 인격으로 높이는 것이다. 그는 지금 자신을 무척 행복한 사람이라고 여긴다. 그러나 주변 사람들은 그렇게 보지 않는다. 그는 지금 스스로에게 빠져 진정한 행복이 무엇인지 잘 모르고 있다.

플라톤은 말했다.

"사람은 남에게 어떠한 행동을 했느냐에 따라 그의 행복도 결정된다. 남에게 행복을 주려고 했다면 그만큼 그 자신에게도 행복이 돌아온다."

남에게 하는 행동 역시 자신의 행복을 결정짓는 중요한 요소이다. 자신의 상황이 좋아져도 항상 같은 모습으로 산다는 것은 쉽지 않다. 하지만 그렇게 해야 한다. 그것이 바른 삶이기 때문이다.

어떤 상황에서도 변하지 않는 삶이야말로 뿌리 깊은 나무와 같다. 이런 사람은 늘 일정한 관계를 유지함으로써 상대방에게 신뢰를 준다. 환경의 변화에 따라 말과 행동을 달리한다면 그것은 자신의 인격을 스스로 모독하는 행위이다. 삶의 어떤 변화에도 결코 흔들림 없는 삶이 되어야 한다.

눈물을 흘리며 씨를 뿌리는 자는 기쁨으로 거두리로다

_ 시편 126편 5절

인내로써 씨를 뿌리면 기쁨으로 거둔다

남아프리카공화국 최초의 흑인 대통령을 지낸 넬슨 만델라. 만델라는 아프리카 대륙의 자유와 평화를 상징하는 대표적인 인물이다. 남아프리카공화국 흑인들은 무려 340년 동안이나 백인의 지배를 받아왔다. 백인들과 같은 차를 탈 수 없었고, 같은 식당을 이용할 수도 없었다. 통행증 없인 마음대로 여행도 할 수 없었고, 좋은 직업도 가질 수 없었으며, 백인들과 공부도 할 수 없었다. 철저하게 인권을 유린당하며 백인들의 노예로 살아야만 했다.

흑인들의 삶은 너무나 혹독했고 참을 수 없을 만큼 불행했다.

만델라는 이를 두고 볼 수만은 없어 자신의 행복을 포기하고 아프리카민족회의에 가입해 '청년동맹'을 결성하였다. 그리고 억압받는 동족을 돕기 위해 변호사가 되기로 결심하고 법률을 공부하였다.

이 모두는 백인들에게 자유를 빼앗기고 짐승처럼 학대받는 동족의 자유와 평화, 인권을 되찾기 위해서였다. 목숨을 걸고 싸운 결과, 만델라는 연금을 당하고 감옥에 갇히는 신세가 되었다. 하지만 끝까지 결백을 주장하며 감옥에서 무혐의 판결을 받았다. 백인 정부에게 만델라는 눈엣가시였다. 어떤 구실을 만들어서라도 그의 행동을 억압하려고 했다. 세계 언론은 만델라의 반정부 활동을 전 세계에 알렸고, 미국과 영국을 비롯한 자유 민주 국가는 깊은 관심을 갖고 지켜보았다.

수시로 구금을 당하고 연금을 당하던 만델라는 정부의 강압적인 수사로 무기형을 선고받고 감옥에 갇히는 신세가 되었다. 만델라는 한 번 가면 살아서는 돌아올 수 없다는 로벤섬 감옥에 갇혀서도 비밀리에 인권 운동을 계속해 나갔다. 만델라의 노력은 눈물겨웠다. 1년이 지나고, 10년이 지나고, 20년이 지나도 만델라의 꿈은 이루어지지 않았다.

그러나 만델라는 포기하지 않았다. 드디어 감옥에 갇힌 지 27년 만에 석방이 되고, 자유의 몸이 되었다. 그리고 자신을 혹독하게 탄압한 백인 후보를 누르고 남아프리카공화국 최초의 흑인 대통령에 당선되었다. 대통령에 취임한 만델라는 자신을 탄압한 정치인들을 용서하는 등 화해와 사랑이라는 새로운 정치를 탄생시키며 전 세계인들을 놀라게 했다.

만델라는 자유와 평화를 위한 희망의 씨를 뿌리고 고통의 눈물을 흘리며 노력한 끝에 꿈의 결실을 이루어냈던 것이다.

'눈물을 흘리며 씨를 뿌리는 사람은 기쁨으로 거두리라'는 말은 어떻게 해야 자신의 꿈을 이룰 수 있는지를 잘 보여 준다.

지금 힘든 시기를 보낸다고 하더라도 용기를 잃어서는 안 된다. 만델라가 그랬던 것처럼 참고 견디며 끝까지 도전해야 한다. 그러면 반드시 자신이 원하는 것을 기쁨으로 거두게 될 것이다.

'인내는 쓰나 그 열매는 달다'는 말이 있다. 참고 견디는 일은 고통을 주고, 시련을 준다. 하지만 원하는 것을 얻기 위해서는 참고 견뎌내야 한다. 세상에 존재하는 모든 기쁨의 결과는 참고 견디고 이겨냄으로써 쟁취할 수 있었다. 이를 한시도 잊지 말아야 할 것이다.

지혜는 진주보다 귀하니
네가 사모하는 모든 것으로도
이에 비교할 수 없도다

_ 잠언 3장 15절

지혜는 진주보다 귀한 인생의 보석이다

《탈무드》에 이런 말이 있다.

"지혜는 그것을 이용하려고 하는 자의 머리 위에서만 반짝인다."

유대인들은 지혜를 아주 소중히 하는 민족이다. 그들은 돈보
다도 지혜를 더 중요하게 생각한다. 그래서 유대인들은 지혜가
많은 사람을 존경하고 존중한다.

히브리어로 지혜 있는 사람을 '훗헴'이라고 하는데, 훗헴 중에
서도 가장 지혜로운 사람을 '탈미드 훗헴'이라고 불렀다. 탈미드

훗헴은 세금을 내지 않아도 되었는데 이는 유대인들이 지혜 있는 사람을 존경하고 우대했기 때문이다. 이처럼 유대인들은 돈 많은 부자, 권세가 있는 사람보다도 지혜 있는 사람을 더 존경했다.

그럼 왜 유대인들은 지혜를 그토록 소중히 여겼을까.

그것은 유대 민족의 오랜 전통이며 관습이다. 유대인들은 자녀가 태어나면 그들의 지혜서인 《탈무드》를 읽어 주었다. 그리고 글을 읽을 수 있게 되면 스스로 읽게 하였다. 《탈무드》는 유대인의 삶의 교과서며, 역사서며, 실용서며, 지침서였다.

모든 유대인들은 하나같이 《탈무드》로 무장하였다. 다시 말해 지혜로 똘똘 뭉쳤다. 유대인들이 모든 분야에서 두각을 나타내며 최고의 민족으로 인정받는 것은 다 이런 연유에서다.

유대인을 '책의 민족'이라고 하는데 우리는 어떠한가. 한마디로 말해 부끄럽다. 우리나라 사람들처럼 책을 안 읽는 나라도 드물다. 경제 수준이 우리나라 정도가 되면 적어도 한 달에 평균 2권 정도는 읽어야 한다. 그런데 일 년에 한 권도 안 읽는 사람이 10명 중 3명이나 된다고 하니 그저 유구무언일 따름이다.

아무리 강조해도 부족한 것이 책 읽기이다. 책은 지혜의 보고이기 때문이다. 그 나라의 국력은 경제력에도 있지만 독서력에 있다. 말하자면 국력은 독서량과 정비례한다고 하겠다.

우리보다 경제 수준과 문화 수준이 높은 나라는 독서량이 우리보다 월등하다. 생각해 보라. 책 속에 지혜가 있는데 독서를 많이 하면 그만큼 많은 지혜를 습득함은 당연한 일이다.

지혜는 진주보다 귀한 '인생의 보석'이다. 인생의 보석인 지혜를 많이 쌓을수록 인생은 풍요로워진다.

지혜는 삶의 거울이며, 이상을 향한 등불이다. 지혜는 아무리 많아도 부족한 인생의 보석이다. 이처럼 소중한 지혜를 얻는 가장 좋은 방법은 독서다. 그런데 우리나라 성인들의 1년 평균 독서량은 약 10권 정도이다. 이는 대단히 부끄러운 수치다. 남보다 나은 삶을 원한다면 책을 읽어라. 독서는 나를 키우는 '지혜의 샘물'이다.

네 발이 행할 길을 평탄하게 하며
네 모든 길을 든든히 하라

_ 잠언 4장 26절

바르게 걷는 발길이 아름답다

길에는 곧은길도 있고, 굽은 길도 있고, 울퉁불퉁한 자갈길도 있다. 또 매끄럽게 포장된 길도 있고, 비포장 길도 있으며, 언덕 길도 있고 내리막길도 있다.

곧은길, 포장된 길, 내리막길은 걷기가 편하다. 그러나 굽은 길이나 울퉁불퉁한 자갈길, 비포장 길, 언덕길은 걷기가 불편하다.

사람이 살아가는 것도 이와 같다. 어떤 사람은 평탄하게 잘 가는데, 어떤 사람에게는 어려움과 시련이 따른다. 또 어떤 사람은 바르게 살아가는데, 어떤 사람은 부정하게 살아간다.

프랑스 작가이자 비평가인 아나톨 프랑스는 말했다.

"정직이나 친절이나 우정과 같은 평범한 도덕을 지키는 사람이
야말로, 정말 위대한 사람이라고 할 만하다."

아나톨 프랑스의 말은 사람이 살아가는 도리, 사람답게 사는
일을 말한다.

"군자와 소인의 구별은 의義와 이利에 있다. 군자는 주로 의를 존
중하지만 소인은 이로움을 존중하기에 고심한다. 어떤 방법으
로라도 소인을 잘 일러 주어 의로운 일을 하게 하는 것이 참된 군
자의 도리이다."

이는 《논어》에 나오는 말이다. 이 말이 의미하는 것은 또 무엇
인가. 역시 바르게 살아가는 도를 말함이다.

옳은 길이란 이처럼 한 길을 따라 쭈욱 가는 것이다. 길을 벗
어나면 목적지에 갈 수 없듯 내가 옳다고 믿는 길을 계속 가다
보면 가치 있는 인생이 되는 것이다.

자신이 가야 할 길을 잘 가고 싶다면 몸과 마음을 바르게 하라.
몸과 마음이 바르면 나쁜 길로 가지 않고 바르게 잘 갈 수 있다.

바르게 가는 발길은 아름답다. 그래서 그 사람 또한 아름다워
보이는 법이다. 인생은 행복한 사람에게는 짧고, 불행한 사람에

게는 길다. 자신이 가는 길이 행복으로 가득 찬 길이 되고 싶다면 바르게 생각하고, 바르게 말하고, 바르게 실행하라.

"나에게 착한 일을 하는 이에게는 나 또한 착하게 하고, 나에게 악하게 하는 이에게도 나는 착하게 할 것이다. 내가 남에게 악하게 하지 않으면 남도 나에게 악하게 하지 않을 것이다." 이는 장자가 한 말이다. 이 말은 요지는 무엇인가. 정도正道를 가라는 것이다. 정도에는 부정不正한 일이 없는 법이다.

의인의 입술은 여러 사람을 교육하나 미련한 자는 지식이 없어 죽느니라

_ 잠언 10장 21절

의인과 미련한 자의 차이점

바르고 정의로운 사람을 일컬어 '의인'이라고 한다. 바르고 정의롭게 산다는 것이 인간에게 어떤 의미인지 살펴보는 것도 복잡한 현대를 살아가는 데 있어 인생의 지표가 될 것이다.

구약성서에 나오는 '소돔과 고모라'는 의인 10명이 없어 하나님으로부터 뜨거운 유황불로 멸망을 당했다. 만일 의인 10명이 있었다면 소돔과 고모라는 멸망을 당하지 않았을 것이다. 소돔과 고모라는 왜 그처럼 참혹한 징벌을 받아야만 했을까. 당시 소돔과 고모라는 타락의 극치를 이루었다. 사람들은 방탕했고, 정의와 윤리는 무너져 내렸다. 죄가 하늘을 찌르고 무질서와 광란의 도시였다. 그럼에도 불구하고 아브라함은 어떻게든 하나님의 징벌을 막아보려 했다. 하지만 도리가 없었다. 의인은 어디에도 없었던 것이다.

역사적으로 볼 때 도덕적으로 타락하고, 삶의 본질이 심각하게 무너져 내려 인간의 능력으로는 어떻게 할 수 없을 때마다 세상에는 참혹한 심판이 내려졌다.

그러면 지금은 어떠한가.

지금 세계 곳곳에서는 전쟁과 기근과 이상기온 현상으로 사람들이 죽어가고 있다. 패역한 독재자들은 무고한 사람들에게 총과 미사일을 발포하고, 인간으로서는 도저히 해서는 안 될 테러가 날마다 사람들을 죽음의 공포로 몰아넣는다. 자고 나면 좋은 소식보다는 나쁜 소식이 뉴스를 장식한다. 이 모두는 인간성을 상실한 반인륜적인 인간들에 의해 벌어지고 있는 현상이다. 더 이상 그대로 놔두었다가는 인류 전체가 위험해질 수 있다. 하루 속히 불의한 자들의 횡포를 막아야 한다.

우리 사회 또한 반인륜적인 자들로 인해 폐해가 매우 심각하다. 보험금을 타기 위해 부모를 죽이고, 아내를 죽이고, 형제를 죽이는 끔찍한 사건들이 꼬리에 꼬리를 물고 이어진다. 부모가 자식을 버리고, 친구의 괴롭힘으로 아까운 목숨을 끊는 일이 비

일비재하다. 음주운전으로 아무 죄 없는 사람이 죽는 등 삶은 점점 피폐해지고 있다.

일확천금을 노리고 카지노에 몰려들고, 남의 돈을 가로채는 사기 사건이 들끓으며, 양심을 팔아먹은 고리대금업자와 불법 사채업자들은 서민들의 가난한 주머니를 강탈하고, 협박하고, 목숨을 위협하는 등 비인간적인 행위를 서슴지 않는다. 일부 몰지각한 정치인들은 자신의 이익을 위해 민생은 나 몰라라 하며 부정을 저지르고, 일부 부도덕한 공무원들은 뇌물을 받는 등 사회 질서를 어지럽힌다.

이런 상황에서 의인은 과연 존재하는 걸까. 그렇다고 대답한다는 것 자체가 모순이 아닐까, 하는 생각이 든다. 그만큼 의인으로 산다는 것은 쉽지 않다. 하지만 의인은 못 되더라도 의인처럼 살도록 노력해야 한다. 그것은 진정 자신을 위하는 일이며, 이웃과 사회를 위하는 일이기 때문이다.

"의인의 입술은 여러 사람을 교육하나 미련한 자는 지식이 없어 죽느니라."

이 말씀을 토대로 한다면 의인은 자신은 물론 상대를 참되게 하는 사람을 말한다고 하겠다.

'바르고 정의로운 사람'이라는 의인에 대한 정의는 보통의 인간으로서는 벅차고 힘든 일이다. 하지만 진실하게 살아가는 것

은 자신의 의지와 노력에 따라 얼마든지 가능하다. 진실하게 말
하고 행동하는 것이 의인의 삶인 것이다.

의인으로 산다는 것은 고행과도 같다. 거기에는 많은 인내와 절제가 필요하고, 배
려와 관용이 따라야 하며, 불의 앞에 굴복하지 않고, 참된 자아를 근본으로 하기 때
문이다. 하지만 이렇게 살려고 하는 노력이 필요하다. 그것이 인간으로서 지녀야
할 삶의 가치이자 도리이기 때문이다.

자기의 토지를 경작하는 자는
먹을 것이 많거니와
방탕한 것을 따르는 자는
지혜가 없느니라

_ 잠언 12장 11절

열심히 일하는 자의 노동 가치관

강원도 통천이라는 곳에 한 소년이 있었다. 소년은 집안의 장남으로 아버지를 도와 새벽 4시면 자리에서 일어나 농사일을 했다. 그 와중에도 소년은 틈틈이 책을 읽고, 이장 집에서 신문을 빌려다 보며 세상 돌아가는 소식을 접했다.

소년의 아버지는 소년이 대를 이어 농사짓기를 바랐지만, 소년의 생각은 달랐다. 농사만 지어서는 대식구가 잘살 수 없다고 생각했다. 소년은 무언가 새로운 일에 도전해 보고 싶었다. 소년은 자신의 꿈을 위해 서울로 가기로 굳게 마음먹었다.

그러던 어느 날 소년은 집을 떠났다. 그러나 자신을 찾아온 아버지에 의해 집으로 돌아와야 했다. 하지만 그의 결심은 더욱 확고해졌다.

그는 집을 나섰다 끌려오기를 반복했지만 끝내 아버지의 허락을 얻고 서울로 갔다. 그리고 인천 부둣가에서 막노동을 시작했다. 그가 배운 거라고는 힘쓰는 일이 고작이었다. 하지만 그는 열심히 일하며 기회를 엿보았다.

그 후 그는 쌀가게에서 배달을 시작했다. 워낙 부지런하고 성실해서 주인은 그에게 쌀가게를 넘겨주었다. 쌀가게는 잘되었다. 모두가 그의 체계적인 단골 관리에 있었다. 그는 사람의 마음을 사는 법을 알았던 것이다.

그는 새로운 일을 찾던 중 자동차수리 공장을 차렸다. 공장은 잘되었다. 이 역시 철저한 고객 관리에 따른 결과였다. 그리고 이어 건설 회사를 차렸다. 건설 회사는 잘 운영되었다. 회사가 파산 직전까지 몰리는 위기도 있었지만, 불도저 같은 집념과 의지로 극복해 내고 현대그룹을 창립했다. 바로 정주영 회장이다.

그는 배움도 짧고 가진 것도 없었지만 누구보다도 지혜로웠고, 창의력이 뛰어났다. 뿐만 아니라 강한 의지를 지녔으며, 신념이 뚜렷했다. 또한 인간관계를 중요하게 여겨 소통을 중시했다. 급한 그의 성격이 사람들에게 부담을 줄 때도 있었지만 그는 사람을 소중히 했다.

그 결과 그는 현대그룹을 우리나라 최대의 기업으로 키워냈으며, 우리나라가 일인당 국민 소득 2만 달러대로 진입하는 데 있어 누구보다도 공헌하였다.

노동에 대한 그의 철학은 부지런하고, 성실하고, 공부하고, 도전하라는 것이다. 이러한 그의 노동 철학은 그가 계획하고 실행하는 일마다 성공으로 이끌어내는 데 크게 기여하였다. 그의 노동 철학을 한마디로 요약한다면 '열심히 공부하고 열심히 일하자.'이다.

"꿈꾸는 것도 훌륭하지만 꿈을 실행에 옮기는 것은 더 훌륭하다. 신념도 강하지만 신념에 실행을 더하면 더 강하다. 열망도 도움이 되지만 열망에 노력을 더하면 천하무적이다."

이는 미국의 저술가 토머스 로버트 게인즈의 말이다. 이 말에도 신념에 대한 가치관이 잘 나타나 있다.

열심히 일하되 정주영이 그랬던 것처럼 자신만의 확실한 노동 가치관을 정립하라. 이것이 참된 노동의 본질이다.

"길이 없으면 길을 찾고, 찾아도 없으면 길을 만들어라."
정주영의 이 말엔 확고한 신념이 잘 나타나 있다.
이 말대로만 한다면 누구나 성공할 수 있을 것이다.
그렇게 하지 못해 성공하지 못하는 것뿐이다.
그렇다면 문제는 간단하다.
자신이 잘되길 바란다면 길을 찾고,
찾아도 없으면 길을 만들면 된다.

CHAPTER 5

순리의 미덕,
모든 것은
다 때가 있다

진리를 말하는 자는 의를 나타내어도
거짓 증인은 속이는 말을 하느니라

_ 잠언 12장 17절

진리를 말하는 자와 거짓을 말하는 자

프랑스의 철학자 장 자크 루소는 말했다.

"잘못된 곳으로 가는 길은 많다. 하지만 진리에 이르는 길은 단 하나다."

루소가 말하는 진리란 무엇일까. 그것은 참되고 의로운 길을 말한다.

진리를 말하는 자는 거짓이 없고 반듯한 생각을 가지고 있다. 성경은 비유적으로 이런 사람을 '빛과 소금'이라고 말한다. 빛은 어둠을 밝혀 주는 고마운 존재며, 소금은 음식의 맛을 내는 데 반드시 필요하다. 따라서 진리를 말하는 자는 세상의 빛이며, 삶을 살아가는 데 꼭 필요한 소금과 같다고 하는 것이다.

김수환 추기경은 평생을 가난한 사람과 힘없는 사람을 위해 살았다. 또 그는 추기경으로서 독재정권과 맞서 자유와 평화를 위해 싸웠다. 그의 한마디 한마디는 사람들에게 희망이 되었고 용기가 되었다. 우리나라가 독재정권을 무너뜨리고 민주주의를 확립하는 데 있어 그는 절대적인 존재였던 것이다.

김수환 추기경은 부끄러움 없는 인생을 살았다. 그가 이처럼 훌륭한 인물이 될 수 있었던 힘은 그가 '진리를 말하는 사람'이었기 때문이다.

그렇다면 진리를 부정하는 자는 어떤 사람일까. 한마디로 거짓을 말하는 사람이다. 거짓을 말하는 사람에겐 몇 가지 특징이 있다.

첫째, 자신이 틀린 줄 알면서도 거짓을 말한다.

이런 경우는 오직 자신의 유익을 위해서이다. 즉 자신이 잘될 수 있다는 전제하에서 진실을 왜곡하고 거짓을 말하는 것이다.

둘째, 상대를 곤경에 처하게 하기 위해 거짓을 말한다.

이는 상대가 자신보다 낫다고 여기는 경우이다. 이 역시 자신의 이익을 위해서라면 없는 말도 지어내 상대를 곤경에 처하게 한다. 탐욕이 일으키는 진실에 대한 내면적인 반란인 것이다.

셋째, 부정적인 자아의 지배를 받는다.

이런 경우는 근본적으로 그 사람 인격의 문제이다. 즉 부정적인 자아의 영향으로 거짓을 말하고 부정적인 삶의 모드로 전향하는 것이다.

거짓을 말함으로써 사회에 물의를 일으키는 사람들은 대개이 세 가지 중 하나에 속한다. 모두가 하나같이 자신의 유익을 위해서이다. 즉 탐욕에서 오는 부정적 자아의 지배를 받는다는 이야기다. 이러한 잘못된 가치관을 바꾸지 않는 한 부정적인 자아의 노예로 불행한 인생을 자초하게 될 것이다.

잠언 12장 17절의 말씀과 루소의 말은 진리에 의해 살고, 진리를 위해 살아야 하는 이유를 잘 말해 준다. 진리에 이르는 길을 가고 싶다면 내면 깊숙이 웅크리고 있는 부정적인 자아를 버리고 긍정적인 자아로 채워 넣어라. 진리는 긍정적인 자아에서 온다.

진리는 '의'를 말하지만, 거짓은 '불의'를 말한다. 불의한 사람이 되지 않으려면 자신에게 진실한 자가 되어야 한다. 즉 진리는 부정적 자아를 버리는 것이다. 또한 탐욕을 버리는 것이다. 진리를 우습게 여기지 말아야 한다. 진리는 어떤 상황에서도 결코 죽지 않는다. 그래서 진리는 언제나 영원한 것이다.

화火는 자신에게도 상대에게도 치명적이다

영국의 사상가 토마스 칼라일이 심혈을 기울여 쓴《프랑스 혁명사》원고가 한순간에 잿더미로 변하는 어처구니없는 일이 생긴 적이 있다. 출판을 앞두고 친구에게 원고를 봐달라고 주었는데 그 집 하인의 딸이 실수로 난로에 집어넣고 만 것이다. 그 소식을 들은 칼라일은 눈앞이 캄캄했다. 생각해 보라. 힘들게 쓴 원고가 한 순간에 사라졌으니 그 심정이 어떠한가를.

한참만에야 마음을 가다듬은 칼라일은 이미 엎질러진 물이라고 생각하고 다시 원고를 집필하여 책을 냈다. 이때 칼라일은 친구에게 그 어떤 배상도 요구하지 않았다.

153

작가에게 있어 원고가 어떤 의미인지 독자들은 잘 모를 것이다. 작가에게 원고는 목숨과도 같다. 자신의 피를 말려가며 쓴 글이기 때문이다. 그런데 그런 원고가 다른 사람의 실수로 한순간에 재가 되었으니 그 심정이 어떠할지는 상상이 안 될 것이다.

언젠가 내 실수로 원고를 날린 적이 있다. 삼분의 이쯤 쓴 원고였는데 컴퓨터를 잘못 다루는 바람에 빚어진 어처구니없는 실수였다. 그때 나는 상상도 할 수 없을 만큼 낙담을 했다. 내 실수로 생긴 일이라 어디다 하소연할 수도 없었다.

나는 가까스로 마음을 추슬러 힘들게 새로이 써서 출간을 했다. 내 경우를 보더라도 칼라일은 대인 중에 대인이었다.

어떤 형제가 아버지의 유산 분배를 놓고 다투는 일이 생겼다. 형은 자신이 맏이니까 더 많이 받아야 한다고 말했고, 동생은 자신이 아버지를 모시고 있으니 자신이 더 많이 받아야 한다며 한 치의 양보도 없었다. 둘 사이에는 욕설이 오갔고 급기야는 멱살잡이를 하게 되었다. 서로 밀고 당기다 동생이 넘어지게 되었고, 이에 화가 난 동생은 주방으로 달려가 칼을 들고 와서는 형을 찌르고 말았다. 형은 병원으로 실려 갔지만 과다출혈로 숨지고 말았다.

화를 참지 못해 한순간에 벌어진 일이었다.

'참을 인忍 자 셋이면 살인을 면한다'는 말이 있다. 아무리 화가 나더라도 자신을 추스를 줄 알아야 한다. 그렇지 않으면 상대방은 물론 자신에게도 치명적인 일이 생길 수도 있다.

"인격이 있는 사람은 그 용모가 온화하면서도 엄숙하고, 그 자태가 위엄이 있으면서도 사납지 않으며, 그 행하는 바가 부드럽고 즐거우면서도 부자유스럽지가 않다."

이는 《논어》에 나오는 말이다. 인격이 있는 사람은 화를 참을 줄도 알고, 상대방의 잘못도 덮어 줄 줄 안다. 그리고 입에서 나오는 말은 부드럽고 행동은 반듯하다.

그러나 화를 잘 내는 사람은 용모가 사납고 말이 거칠다. 또 행동은 난폭하고 실수가 많다. 이에 대해 프랑스의 사상가 알랭은 이렇게 말했다.

"자신의 마음을 올바르게 표현하려면 흥분하지 말고, 냉정하게 자신을 억제할 줄 알아야 한다."

하나님께서도 "노하기를 속히 하는 자는 어리석은 일을 행한다.”고 말씀하셨다. 화를 감정이 일어나는 대로 표출해서는 안 된다. 화나는 일이 있더라도 차분히 마음을 가라앉힐 수 있어야 한다. 그래야 불행한 일을 막고, 슬기롭게 대처하는 마음의 여유를 가질 수 있다.

화를 쉽게 내는 사람 주변에는 사람이 없다는 말이 있다. 당연한 말이다. 화를 잘 내는 사람을 누가 좋아할까. 아무리 화가 나더라도 절제할 수 있어야 한다. 그렇지 않으면 불행한 일이 생길 수 있다. 화를 절제할 수 있는 사람은 슬기로운 사람이다. 슬기로운 사람이 되라.

고난 받는 자는 그 날이 다 험악하나
마음이 즐거운 자는 항상 잔치하느니라

_ 잠언 15장 15절

마음이 즐거우면 긍정적으로 변한다

독일의 철학자 쇼펜하우어는 이렇게 말했다.

"많이 웃는 자는 행복하고, 많이 우는 자는 불행하다."

하버드 대학교 교수이자 심리학자 윌리엄 제임스는 말했다.

"행복해서 웃는 게 아니라 웃으니까 행복한 것이다."

만일 행복해서 웃는다면 웃기 위해서는 늘 행복해야 한다. 하

지만 사람이 어떻게 늘 행복할 수 있을까. 속상할 때도 있고, 화
날 때도 있고, 슬플 때도 있는 게 사람 사는 일이다. 그러나 웃으
니까 행복한 것이라면 이야기는 달라진다.

내게 슬픈 일이 있어도 참고 웃으면 행복하고, 속상한 일이 있
어도, 화나는 일이 있어도 참고 웃으면 행복해질 수 있다. 그렇
다면 문제는 간단하다. 행복해지고 싶다면 항상 웃으면 된다.

"웃으면 복이 온다."는 말이 있다. 윌리엄 제임스의 것과 상통
하는 말이다.

중국 속담에는 이런 말이 있다.

"웃지 않는 자는 장사하지 마라."

웃어야 장사도 잘된다는 말이다. 가게 주인이 잘 웃어야 그 가
게에 가고 싶어진다. 기분이 좋아지기 때문이다. 반면 가게 주인
이 잘 웃지 않으면 그 가게에 가기가 꺼려진다. 불편한 마음이
들기 때문이다.

잘 웃는 사람이 건강하다고 한다. 웃으면 엔도르핀이 솟아나
몸에 악영향을 주는 나쁜 세포를 궤멸시킨다고 한다. 웃음치료
라는 게 있다. 웃음치료를 받은 사람 중에는 불치병이 나았다는
사람도 많다. 이는 의학적인 상식을 뛰어넘는 매우 놀라운 결과

라고 한다. 이를 보면 즐겁게 산다는 것은 긍정적이고 생산적인 일이다.

지금보다 더 즐겁고 행복하게 살고 싶다면 의도적으로라도 웃어라. 많은 웃는 사람이 더 많이 행복하고 긍정적인 인생으로 살아가게 된다.

웃음을 한마디로 정의한다면 '삶의 묘약'이라고 할 수 있다. 웃음은 긍정적인 마인드를 만들고, 즐겁고 역동적으로 살아가게 하기 때문이다. '웃는 얼굴에 침 뱉으랴'는 속담도 있듯 웃는 얼굴엔 아무리 화가 나도 함부로 하지 못한다. 그만큼 웃음은 상대의 기분을 좋게 해 준다. 즐겁게 살고 싶다면 웃어라. 의도적으로라도 자주 웃어라. 그러면 행복한 인생으로 변한다.

채소를 먹으며 서로 사랑하는 것이 살진 소를 먹으며 서로 미워하는 것보다 나으니라

_잠언 15장 17절

미워하지 않고 행복하게 사는 지혜

무소유의 삶을 실천했던 작가 헨리 데이비드 소로는 월든이라는 호숫가에 한 칸짜리 오두막을 짓고, 혼자 먹을 만큼만의 곡식과 채소를 심어 스스로 해결하면서도 전혀 불편함을 느끼지 않았다. 오히려 행복해하며 자연이 준 선물에 감사했다. 그는 그러한 자신의 삶과 사상과 철학적 사유를 자신의 저서《월든》에 고스란히 담아냈다. 최소한의 것으로도 행복하고, 즐겁게 사는 법을 실천함으로써 보여 주었다.

《무소유》의 저자 법정 스님은 헨리 데이비드 소로의 삶을 동경하여 월든을 여러 차례에 걸쳐 방문했다고 한다. 그리고 그의 사상과 철학에 감복하여 자신 또한 무소유의 삶을 실천함으로써 많은 사람들에게 감동을 주고 존경을 받았다.

현대인들은 먹는 것, 입는 것을 비롯해 다양한 물질의 풍요를 누리고 산다. 그러나 물질이 차고 넘쳐 주체하지 못하는 사람들도 있지만, 하루하루가 힘들고 벅찬 삶을 원망하며 사는 이들도 많다. 불공평한 삶으로 인해 우리 사회는 심각한 위기에 봉착되어 있다. 자본주의의 맹점에 고스란히 노출되어 있는 것이다.

이처럼 불균등한 사회에서 제대로 된 행복이란 과연 존재할까. 불균등한 사회는 불균등한 행복으로 인해 하루도 마음 편한 날이 없다. 반목과 질시가 난무하며 자신들의 불만을 표출하기 위해 연일 거리로 뛰쳐나와 시위를 벌인다.

그렇다면 어떻게 하면 개인의 행복이 균등해질 수 있을까. 가장 좋은 방법은 스스로 만족하고 행복해하는 가치관으로 바꾸는 것이다. 헨리 데이비드 소로가 그랬듯이 적은 것으로도 만족할 수 있으면 된다. 물론 이렇게 산다는 것은 매우 힘들다.

이에 대해 이렇게 말하는 사람들도 있을 것이다.

"그건 특정 종교인들이나 할 수 있는 일이지요."

물론 그렇게 말할 수 있다. 그러나 공동체 삶을 실천하며 자연을 거스리지 않고 살아가는 사람들도 있다. 이런 사람들이야말로 자연을 거스리지 않고 남을 미워하지 않으며 진정한 행복이 무엇인지 제대로 알고 사는 사람들이다.

보델슈빙크는 말했다.

"한 방울의 사랑은 금화가 가득 찬 주머니보다도 가치가 있다."

아주 절묘한 표현이 아닐 수 없다. 사랑은 그 모든 것 이상의 가치를 지닌 '행복의 보화'이다.

모든 불행은 만족하지 못하고 남보다 더 많이 가지려고 하는 데서 비롯된다. 미워하지 않고 행복하게 살기 위해서는 적은 것에 만족하며, 사랑하며 사는 것이다. 그렇게 살 수만 있다면 남을 미워하지도 않고, 다투지도 않고, 스스로에게 만족하며 행복할 수 있다.

작은 것에도 감사하고 서로 사랑하라.

모든 미움은 탐욕에서 온다. 물질의 탐욕, 권세의 탐욕, 명예의 탐욕 등 남보다 자신이 더 나아야 한다는 탐욕에서 오는 것이다. 이 탐욕만 버릴 수 있다면 작은 것에도 감사하고 타인을 미워하지 않는다. 탐욕을 버린다는 것은 인간에게 가장 어려운 삶의 과제일 것이다. 하지만 자신의 참된 행복을 위해서라면 작은 것에 감사하고 탐욕을 버려야 한다.

그가 모태에서 벌거벗고 나왔은즉
그가 나온 대로 돌아가고 수고하여 얻은 것을
아무것도 자기 손에 가지고 가지 못하리니
이것도 큰 불행이라
어떻게 왔든지 그대로 가리니
바람을 잡는 수고가 그에게 무엇이 유익하랴

_전도서 5장 15~16절

인간이란 무엇이며 어떻게 살아야 할까

사람이 한평생을 살다 세상을 떠날 땐 아무것도 갖고 갈 수 없다. 세상에 올 때 벌거숭이로 왔듯 세상과 이별할 때도 벌거숭이로 간다. 그런데도 어떤 이들은 죽을 때 돈을 싸가지고 갈듯 매몰차게 군다.

돈은 인생의 전부가 아니다. 돈이란 세상에서 살아가는 동안만 있으면 된다.

인생에서 진정으로 중요한 것은 자신의 이름을 더럽히지 않고 행복하게 사는 일이다. 나아가 할 수만 있다면 자신의 이름을 지상에 영원히 남겨 두는 것이다. 물론 이렇게 한다는 것은 쉬운 일이 아니다. 그럴 만한 가치가 있는 일을 했을 때에만 가능하다. 인생을 살며 가장 성공한 사람은 돈을 남기는 사람도 아니고, 보석을 남기는 사람도 아니고, 대궐 같은 집을 남기는 사람도 아니다. 자신의 이름을 남기는 사람이다.

《몽실 언니》,《강아지 똥》을 쓴 동화작가 권정생은 평생을 독신으로 살았으며, 병에 매여 살았다. 그가 삶의 기쁨을 누리지 못했다고 사람들이 생각하는 것도 무리는 아닐 것이다.

그러나 권정생의 입장에서는 나름대로 기쁘고 감사한 삶이었다. 10억이 넘는 돈을 어린이들을 위해 남겨 주었고, 한국의 대표적인 동화작가로 길이 남는 충만한 삶이었기 때문이다.

권정생은 자신의 이름 석 자를 당당히 세상에 남겨둔 것이다.

"나는 알몸으로 태어났다. 그러므로 나는 이 세상을 떠날 때도 알몸으로 갈 수밖에 없다."

《돈키호테》로 유명한 스페인의 소설가 세르반테스가 한 말이다. 세르반테스는 평생을 가난하게 살았다. 뿐만 아니라 한 인간으로서 혹독한 삶을 살았다. 그는 전쟁에 나가 팔에 부상을 입는 바람에 평생 장애를 안고 살았으며, 해적에게 붙잡혀 5년 넘게 노예로 지냈다. 세금징수 일을 하다 아는 이의 배신으로 억울한 옥살이를 하기도 했다.

세르반테스 역시 보통 사람들의 관점에서 봤을 땐 불행의 극치를 맛본 사람이다. 그럼에도 불구하고 그의 나이 56세 때 쓴 《돈키호테》가 세계 최고의 명작 중 하나로 평가받는 영예로운 작가가 되었다.

지독한 가난과 사회적인 편견, 온갖 불행을 겪으면서도 결코 쓰러지지 않았던 권정생과 세르반테스는 그래서 더욱 존경받아 마땅하다.

인간이란 하나님의 가장 위대한 피조물이다. 그러기에 인간 답게 살아야 할 의무와 책임이 있다. 이는 하나님께 대한 도리이 기도 하다. 인간답게 살고 당당하게 이름을 남기는 그대가 되라.

인간은 빈손으로 왔다 빈손으로 돌아가는 하나님의 피조물이다. 그런데도 어떤 이 들은 물질에 매여 인간다운 삶을 버리고 오만하게 군다. 이는 하나님께 대한 불충이 며, 인간답게 사는 길을 포기하는 행위이다. 인간답게 살고, 인간답게 떠나야 한다.

범사에 기한이 있고

천하 만사가 다 때가 있나니

날 때가 있고 죽을 때가 있으며

심을 때가 있고 심은 것을 뽑을 때가 있으며

죽일 때가 있고 치료할 때가 있으며

헐 때가 있고 세울 때가 있으며

울 때가 있고 웃을 때가 있으며

슬퍼할 때가 있고 춤출 때가 있으며

돌을 던져 버릴 때가 있고 돌을 거둘 때가 있으며

안을 때가 있고 안는 일을 멀리 할 때가 있으며

찾을 때가 있고 잃을 때가 있으며

지킬 때가 있고 버릴 때가 있으며

찢을 때가 있고 꿰맬 때가 있으며

잠잠할 때가 있고 말할 때가 있으며

사랑할 때가 있고 미워할 때가 있으며

전쟁할 때가 있고 평화할 때가 있느니라

_ 전도서 3장 1~8절

순리의 미덕, 모든 것은 다 때가 있다

모든 것은 다 때가 있는 법이다. 봄이 오면 아름다운 꽃이 피고, 여름이 오면 녹음이 더욱 짙푸르고, 가을이 오면 결실을 맺고 온 산과 들엔 단풍이 물들고, 겨울이 오면 땅도 쉬고 온 대지가 잠잠하다. 그리고 또다시 봄이 오고, 여름이 오고, 가을이 오고, 겨울이 온다. 이러한 자연의 순환 속에서 지구는 질서를 유지하며 존재하는 것이다.

사람이 살아가는 일도 마찬가지다. 사람이 하는 일엔 다 때가 있는데, 이를 따르지 않고 순리를 무시하면 돌아오는 것은 실패뿐이다. 그런데도 이를 잊고 법을 어기고, 질서를 무너뜨리고, 상대를 곤혹스럽게 하고, 억지로 일을 도모한다면 반드시 대가를 치르게 된다. 순리를 어기면 부작용이 따르게 마련이기 때문이다.

서두른다고 해서 일이 잘되는 것은 아니다. 오히려 일을 그르칠 수가 있다. 이를 잘 알게 하는 것이 날림 공사로 인한 사고이다. 다리 공사를 하다 다리가 무너지고, 집을 짓다 집이 무너지는 것을 보라. 이 모두는 대개 일을 서두르는 과정에서 발생한다.

그런데도 어떤 사람들은 순리를 무시하고 자신의 탐욕을 위해 뇌물을 주고, 힘 있는 사람을 동원하기도 한다. 이는 질서를 어지럽히는 사회의 악이다. 자신으로 인해 많은 사람들이 피해를 본다는 생각은 왜 못하는 걸까.

"세상을 살아가면서 다른 사람들과 앞을 다투어서는 안 된다. 언제고 항상 한 걸음 양보할 줄 알아야 한다. 이렇게 하는 것이 자기 자신의 인격을 높이는 것이며, 남보다 높은 지위에 오르게 되는 근본이 되는 것이다. 즉 한 걸음 물러선다는 것은 다시 한 걸음 나아갈 수 있는 원인이 되기 때문이다."

《채근담》에 나오는 말이다. 이 말에서 알 수 있듯 한 걸음 양보하는 것은 자신을 높이는 일이다. 또한 자신의 인격을 높이는 일이다. 이치가 이럴진대 이를 어기고 남보다 앞서려고 하는 것은 자신을 스스로 파괴시키는 일이다.

지금 우리 사회는 삶의 순리를 어긴 대가로 화려했던 시절을 보내고 싸늘한 철장 신세를 지는 사람들로 가득하다.

삶 앞에 겸손하라. 삶의 순리를 억지로 돌리려 하지 마라. 그것은 자신을 그릇되게 하는 모순의 감옥일 뿐이다.

"시간은 흐르는 강물과 같다.
거슬러 흐르지 않고 가는 사람은 행복하다."
앤드류 머레이의 말이다.
이 말에서 보듯 시간을 거스리지 않는 것,
이것이 올바른 삶의 질서이다. 그러므로 억지로
무슨 일을 하려고 해서도 안 되고, 무리하게 해서도 안 된다.
모든 일을 순리에 따라 해야 한다.
순리를 따르는 것은 지혜로운 일이며, 최선의 일이기 때문이다.

새 포도주는
새 부대에 넣어야 할 것이니라

_누가복음 5장 38절

새 포도주를 새 부대에 넣어야 하는 이유

새 포도주를 새 부대에 넣으라는 것은 변화된 삶을 살라는 것이다. 새해가 되면 많은 사람들이 해돋이를 보기 위해 먼 거리도 마다않고 달려간다. 새해에 하는 일마다 잘되고, 가족의 안녕과 행복을 기도하기 위해서다. 그런데 며칠만 지나면 언제 그랬느냐는 듯 본래의 생활로 되돌아온다.

"새해가 되었으니 이제부턴 좀 더 달라져야지." 하고 결심한 것들이 봄 햇살에 눈 녹듯 사라지는 것이다. 이런 마음으로는 새로운 내가 될 수 없다.

우리가 사는 세계는 하루가 다르게 변한다. 오늘의 새로운 것도 내일이면 낡은 것이 되고 만다. 급물살을 탄 듯 빠르게 지나가는 게 요즘의 삶이다. 그런 변화를 따라가지 못하면 뒤처지게 되어 결국 낙오자가 될 수밖에 없다. 낙오자가 되지 않기 위해서는 늘 새로운 지식, 새로운 마음, 새로운 생각을 길러야 한다.

"매일 자신을 새롭게 하라. 몇 번이라도 새롭게 하라. 내 마음이 새롭지 않고서는 그 어떤 것도 기대할 수 없다."

이는 동양 명언이다. 이 말에서 알 수 있듯 매일 자신을 새롭게 하지 않으면 그 어떤 것도 기대해서는 안 된다. 변화를 두려워하고 가만히 있는 자에겐 그 어떤 것도 주지 않는 게 세상의 법칙이다.

새로워지기 위해 노력하지 않으면 뒤처질 수밖에 없다. 그러니까 새로워지기 위해 노력해야 하는 것이다.

삼성과 애플은 신제품이 출시될 때마다 각을 세우고 서로를 바라본다. 그리고 자신들의 것을 모방한 게 있는지 면밀히 살펴 조금만 비슷한 게 있어도 걸고 넘어진다. 충분히 이해가 가는 얘기다. 새로운 제품을 만들기 위해 그동안 기울인 노력을 생각하면 그럴 수 있다.

이처럼 상대에게 뒤처지지 않기 위해서는 날마다 새로운 것을 위해 생각하고 연구하고 실행해야 한다.

그런데 낡은 사고방식으로 어떻게 상대를 따라잡을 수 있단 말인가. 지금과는 다른 나로 살아가기 위해서는 새로운 생각으로 무장하고 새로운 실력을 갖추어야 한다.

이것이 곧 새 포도주를 새 부대에 넣어야 하는 이유이다.

새로운 내가 되고 싶은가. 그렇다면 날마다 새로워지는 그대가 되기 위해 노력하라.

새 포도주를 낡은 부대에 넣어서는 안 되는 이유가 있다. 첫째, 낡은 부대는 새 포도주의 맛을 변하게 한다. 둘째, 낡은 부대는 포도주를 새게 할 수도 있기 때문이다. 셋째, 새로운 것은 새것에 함께할 때 더 가치 있는 상품이 되기 때문이다. 이치가 이렇듯 낡은 생각은 버려야 한다. 그리고 그 자리에 새로운 생각, 새로운 지식으로 가득 채워라.

어찌하여 형제의 눈 속에 있는 티는 보고 네 눈 속에 있는 들보는 깨닫지 못하느냐

_누가복음 6장 41절

나 자신을 아는 것은 나를 키우는 힘이다

사람은 부족함이 많은 존재다. 실수도 밥 먹듯 하고, 잘못도 곧잘 저지른다. 문제는 자신의 실수와 잘못을 인정하지 않는다는 데 있다. 이는 자신에게 치명적인 일이 될 수도 있음을 유념해야 한다. 이런 사람을 좋아할 사람은 없다. 그와 함께한다면 자신에게도 좋지 않은 일이 생길 거라고 여기기 때문이다.

이처럼 타인에게 인정받지 못하는 것은 자신의 발전에 큰 걸림돌이 된다. 하지만 이보다 더 큰 문제는 자신의 허물을 보지 못한다는 것이다. 이런 사람은 도리어 남을 탓하고 남에게 책임을 전가한다. 이런 태도는 상대에게 자신의 허점을 노출함으로써 스스로를 못난 사람으로 만든다.

나 자신을 아는 것은 결국 나를 키우는 힘이다. 자신의 부족한 점을 알아 그것을 바르게 개선하고, 나아가 새로운 마인드와 자세를 갖게 되면 새로운 발전을 가져올 수 있는 계기가 되어 줄 것이다.

자신을 바르게 알기 위해서는 어떻게 해야 할까.

첫째, 자신이 어떤 성격인가를 분명하게 파악하라.

자신의 성격이 급한지 여유로운지, 빈틈이 있는지 없는지, 맺고 끊는 것이 분명한지, 배려와 양보를 잘하는지 등을 제대로 파악하고 거기에 맞게 대처할 수 있다면 자신을 키우는 데 큰 도움이 된다.

둘째, 자신의 장점이 무엇인지를 정확하게 파악하라.

대부분의 사람들은 자신의 장점이 무엇인지 잘 모르는 것 같다. 이는 자신의 발전을 저해하는 가장 큰 요인이다. 자신의 장점을 제대로 파악하라. 그것은 자신을 발전시키는 중요한 요소이다.

셋째, 자신의 단점이 무엇인지를 알아야 한다.

사람들은 자신의 단점에 대해 인정하지 않으려는 경향이 있다. 이는 자신의 발전을 가로막는 걸림돌이다. 자신의 단점을 알고 고친다면 자신을 성장시키는 데 큰 도움이 된다.

자신을 발전시키기 위해서는 이 세 가지를 분명하게 해야 한다. 공자는 이렇게 말했다.

"과실을 저지르고도 바로잡지 않으면 그 또한 과실이다. 과실을 저지르면 바로잡기를 주저하지 말아야 한다."

잘못을 알고도 고치지 않으면 그 또한 잘못이라는 말이다.

자신의 진정한 발전을 위한다면 절대로 남의 허물을 탓하지 마라. 오직 자신의 허물을 살펴 개선하라.

남을 탓하는 사람은 발전하지 못한다. 자신을 발전시키려면 자신의 허물을 살피고 그것을 바로잡는 데 힘써야 한다. 이러한 진실을 알고 실행에 옮기는 것, 이것이야 말로 자신을 발전시키는 가장 확실한 방법이다.

CHAPTER 6

사랑하라,
한 번도 슬프지
않은 것처럼

네 몸의 등불은 눈이라
네 눈이 성하면 온 몸이 밝을 것이요
만일 나쁘면 네 몸도 어두우리라

_ 누가복음 11장 34절

몸의 등불인 눈으로 바르게 보고 바르게 행하기

'몸이 천 냥이면 눈이 구백 냥'이라는 말이 있다. 인간의 신체 가운데 눈이 그만큼 소중하다는 것이다. 물론 우리 몸 가운데 소중하지 않은 곳은 없지만 눈이 더욱 소중한 것은 모든 것을 볼 수 있게 하는 신체기관이기 때문이다.

이처럼 소중한 눈으로 아름다운 것을 보고, 자신과 타인에게 기쁨을 주는 일을 하며, 의미 있는 일을 해야 한다. 악한 것을 보고, 더러운 것을 보며, 자신과 타인에게 고통을 주는 일을 한다면 그건 소중한 눈을 더럽히는 일이다.

고대 그리스 철학자 디오게네스는 기행을 하기로 유명했다. 낮에도 등불을 켜들고 다니는가 하면 둥그런 통에서 기거하며 지냈다. 그가 대낮에도 불을 켜들고 다니는 이유에 대해 사람들은 궁금해 했다. 사람들이 그 이유에 대해 묻자, 그는 사람다운 사람을 찾기 위해서라고 말했다. 몸의 등불이 밝은 사람, 즉 바른 가치관을 가진 사람이 되어야 한다.

"군자는 세상의 목소리에 휩쓸리지 않고, 스스로 진실을 알려는 자이다."

이는 《논어》에 나오는 말이다. 이 말의 의미 또한 바르게 살아야 한다는 것이다. 세상의 목소리에 휩쓸리지 않고, 스스로 진실을 알려고 하는 사람이야말로 바른 사람으로 살아가게 될 것이다. 마인드 자체가 반듯하기 때문이다. 사람의 모든 행동은 생각의 가치관에서 온다. 생각하는 대로 행동하는 게 사람이다.

탈무드에 이러한 이야기가 나온다.

어느 장님이 등불을 들고 다녔다. 사람들은 어차피 앞도 보지 못하는 장님이 등불을 들고 다니는 것을 비웃었다.

"등불이 있어도 앞을 보지 못하는데 무엇 하러 등불을 켜들고 다닙니까?"

"내가 앞을 보지 못하기 때문에 등불을 켜들고 다니는 것입니다. 사람들이 등불 든 나를 보고 피해 다니기 때문이지요."

이는 상대를 위하는 따뜻한 마음에서 오는 행동이다. 이처럼 바른 행동은 자신에게도 사람들에게도 좋은 이미지를 심어 준다.

몸의 등불인 눈으로 바른 것을 보고 바르게 행동하라.

바르게 산다는 것은 쉽지 않다. 그럼에도 바르게 살아야 한다. 무릇 바르게 살기 위해서는 어떻게 해야 할까. 그 방법은 아주 간단하다. 바르게 생각하고 바르게 행동하면 된다.

소금이 좋은 것이나
소금도 만일 그 맛을 잃으면
무엇으로 짜게 하리요
땅에도, 거름에도
쓸 데 없어 내버리느니라

_누가복음 14장 34~35절

짠맛을 잃은 소금은 가치를 잃어버린 것이다

요리를 할 때 소금은 필수 재료이다. 소금이 없다면 아무리 훌륭한 재료로 요리를 했더라도 최고의 맛을 낼 수 없다.

모든 음식엔 소금이 반드시 들어가야 한다. 그래서 옛날엔 소금을 차지하기 위해 목숨을 걸고 전쟁을 했을 정도다. 그만큼 소금은 중요한 자원이다. 만약 소금이 짠맛을 잃으면, 그것은 소금이라고 할 수 없다.

사람도 이와 똑같다. 스승이 스승답지 못하면 더 이상 스승이라고 할 수 없고, 군인이 군인답지 못하면 군인이라고 할 수 없다. 또 아버지가 아버지답지 못하면 좋은 아버지가 될 수 없고, 어머니가 어머니의 역할을 못하면 좋은 어머니가 될 수 없다. 학생이 학생답지 못하면 학생이라고 할 수 없고, 장사꾼이 소비자를 속이면 그는 더 이상 장사꾼이 아니라 사기꾼이다.

사람은 저마다 가치 있는 존재이다. 하나님은 누구에게나 소중한 달란트를 주셨다. 그 달란트로 자신에게 맞는 역할을 해야 한다. 자기 할 일을 제대로 하지 못한다면 그것은 소금이 짠맛을 잃은 것과 같다.

"최소한의 가치를 지닌 일을 하는 것이, 가치 없는 가장 위대한 일을 하는 것보다 중요하다."

스위스의 정신의학자이자 분석심리학의 개척자인 칼 융의 말이다. 이 말을 보더라도 자신의 역할을 해내는 것이 인생에 있어 얼마나 소중한 일인가를 알 수 있다.

모든 요리에 반드시 필요한 소금 같은 사람이 되라. 소금 같은 사람이야말로 가장 필요한 사람이다.

"이 세상의 참다운 행복은 남에게서 받는 것이 아니라,
내가 남에게 주는 것이다. 그것은 물질적인 것이든
정신적인 것이든 인간에게 있어서 가장 아름다운 행동이기 때문이다."
아나톨 프랑스의 말이다.
소금과 같은 사람은 아나톨 프랑스의 말처럼
행복을 남에게 줄 수 있는 사람으로 누구에게든지 필요한 사람이다.
소금과 같은 그대가 되라.

여호와께서 사무엘에게 이르시되
그의 용모와 키를 보지 말라
내가 이미 그를 버렸노라
내가 보는 것은 사람과 같지 아니하니
사람은 외모를 보거니와
나 여호와는 중심을 보느니라 하시더라

_사무엘상 16장 7절

사람의 외모를 보지 말고 중심을 보라

사람을 판단하는 데는 여러 가지 기준이 있다.

첫째는 그 사람의 성품을 보는 것이다. 성품을 보면 그 사람이 어떤 사람인지를 어느 정도 파악할 수 있다.

둘째는 평소 그 사람의 행동을 보는 것이다. 자기계발전문가인 데일 카네기는 "행동은 말보다 강하다."라고 말했다. 이 말이 의미하듯 행동하는 것을 보면 그 사람의 됨됨이를 알 수 있다.

셋째는 책임감이 있는가를 보는 것이다. 책임감이 있는 사람은 무엇을 맡겨도 신뢰가 간다. 그러나 책임감이 없는 사람은 신뢰가 가지 않는다. 책임감은 그 사람이 어떤 사람인지를 판단하는 데 있어 매우 중요하다.

넷째는 소통능력을 보는 것이다. 대인관계를 잘하기 위해서는 소통능력이 좋아야 한다. 소통능력이 좋은 사람은 대개 인간성에 문제가 없다.

그런데 객관적으로 보면 사람들은 그 사람의 겉모습을 먼저 보는 경향이 있다. 물론 눈에 제일 먼저 띄니까 그럴 수밖에 없다. 하지만 겉모습은 겉모습일 뿐 그 사람의 됨됨이를 판단하는 데는 크게 도움이 되지 않는다. 그리고 분명히 해야 할 것은 함부로 그 사람에 대해 판단해서는 안 된다는 것이다. 그것은 인격의 문제이기 때문이다.

이에 대해 프리드리히 니체는 다음과 같이 말했다.

"타인을 이렇다 저렇다 판단하지 마라. 그것이 외모든 조건으로든 평가하지 말아야 한다."

니체의 말에서도 알 수 있듯 자기의 기준에 맞춰 함부로 판단하는 것은 바람직하지 않다.

어떤 사람에 대해 제대로 알고 싶다면 앞에서 말한 네 가지 기

준으로 살피되, 그 사람에 대해 함부로 말해서는 안 된다는 것을
반드시 순수해야 한다. 자신 또한 누군가로부터 판단의 대상이
될 수 있음을 유념하라.

그 사람의 중심을 보라는 말이 있다. 이 말이 의미하는 것은 그 사람의 내면, 즉 인격
이라든가, 삶에 대한 가치관, 성품 등을 보라는 것이다. 이는 사람을 판단하는 데 있
어 중요하게 작용하기 때문이다. 단 한 가지 주의할 것은 감정에 의해서 판단하지
말아야 한다는 것이다. 감정이 개입하면 진정성 있는 판단을 할 수 없기 때문이다.

소망 중에 즐거워하며 환난 중에 참으며
기도에 항상 힘쓰며
성도들의 쓸 것을 공급하며
손 대접하기를 힘쓰라

_로마서 12장 12~13절

소망 중에 즐거워하고 환난 중에 참고 이기기

소망으로 가득 찬 사람의 얼굴은 봄 햇살처럼 온화하고, 눈은 사슴처럼 맑게 빛난다. 또한 말을 함부로 하지 않으며 긍정적으로 생각하고 행동한다. 소망은 모든 것을 가능하게 하는 자신감과 기쁨을 끌어당기는 에너지를 주기 때문이다. 그래서 소망을 품고 살면 용기가 넘치고, 하는 일도 잘된다.

전 세계에서 유대인처럼 소망이 넘치는 민족은 없다. 그들이 넘치는 소망과 자신감으로 가득 찰 수 있는 건, 하나님을 자신들의 소망의 빛이라고 굳게 믿기 때문이다.

그런 반면에 유대인처럼 오랜 기간 환난을 겪은 민족도 없다.

유대인은 구약시대 때부터 유목민으로 물과 풀을 찾아 이리저리 떠돌며 살아야 했다. 그러는 가운데 이민족으로부터 수시로 공격을 받아야 했고, 멸시와 천대를 받아야만 했다. 그리고 예수 그리스도가 십자가에 못박혀 돌아가시고 나서는 2천년 동안을 세계 곳곳에 흩어져 살아야 했다. 유대인들은 구약시대와 마찬가지로 가는 곳마다 박해를 받고 모욕을 당하며 살았다. 그들의 삶은 한마디로 죽지 못해 사는 것처럼 참혹했다.

그러나 유대인들은 그런 중에도 흔들리지 않고 당당했다. 그들이 온갖 핍박 속에서도 자신들을 지켜내고 최고의 민족이 된 것은 환난 중에도 소망을 잃지 않고 꿋꿋하게 이겨냈기 때문이다.

살다 보면 시련을 겪고 고통 속에서 삶을 원망할 만큼 힘들 때가 있다. 그런데 어떤 이는 시련을 딛고 자신이 원하는 삶을 살고, 어떤 이는 시련에 끝내 패배하여 고통 속에서 산다. 이는 환난 중에도 소망을 갖고 사느냐 아니냐에 따른 결과이다.

환난 중에 더욱 필요한 것이 소망이다. 소망을 품고 기도하면 반드시 이겨낼 수 있다.

미국의 사상가 랠프 왈도 에머슨은 말했다.

"가능하다고 믿는 사람이 승리한다."

그렇다. 가능하다고 믿는 것은 곧 소망을 품고 있다는 증거이다. 그래서 가능하다고 믿는 사람이 승리할 수 있는 것이다.

삶이 아무리 고달프더라도 고난 앞에 굴복하지 마라. 굴복하는 자는 살아 있는 동안 고달픔을 면치 못한다. 그러나 굴복하지 않는 자는 덩덩하게 살아가게 된다.

다니엘 선지자는 환난을 당하여 사자 굴에 갇혔다. 하지만 그는 소망을 잃지 않고 기도했다. 그는 하나님께서 자신을 구해 주실 것을 확신했다. 그의 확신은 정확했고, 사자로부터 손톱만 한 상처도 입지 않았다. 누군가에게 삶은 마치 다니엘이 갇힌 사자 굴과 같을 것이다. 그러나 불평하지 말고 소망을 갖고 기도하라. 그러면 자신이 원하는 것을 얻게 될 것이다.

사랑은 오래 참고 사랑은 온유하며

시기하지 아니하며

사랑은 자랑하지 아니하며 교만하지 아니하며

무례히 행하지 아니하며

자기의 유익을 구하지 아니하며

성내지 아니하며 악한 것을 생각하지 아니하며

불의를 기뻐하지 아니하며 진리와 함께 기뻐하고

모든 것을 참으며 모든 것을 믿으며

모든 것을 바라며 모든 것을 견디느니라

_고린도전서 13장 4~7절

사랑하라, 한 번도 슬프지 않은 것처럼

사랑이란 명제 앞에서는 늘 마음이 설레고 가슴이 따스하게 부풀어 오른다. 사랑이란 말에는 모든 것을 품어 주고 받아들이는 품격이 있기 때문이다. 톨스토이는 말했다.

"사랑은 인간에게 몰아沒我를 가르친다. 따라서 사랑은 인간을 괴로움에서 구해 준다."

또한 괴테는 이런 말을 남겼다.

"사랑은 최대의 모순을 융화하고 천지를 통합하는 길을 알게 한다."

세계적 대문호인 톨스토이와 괴테의 말에서도 알 수 있듯이 사랑은 모든 것을 감싸 주고, 용서하고, 이해하고, 괴로움과 고통으로부터 인간을 자유롭게 하고, 행복하게 한다. 사랑 앞에 우리는 진지해야 하고, 겸허해야 하고, 날카로운 발톱과 같은 흉계를 숨기지 말아야 한다.

내가 사는 아파트 같은 통로에 장애인인 남편과 비장애인인 아내가 살고 있다. 남편은 소아마비로 다리가 불편하여 휠체어를 타고 다닌다. 외출할 때나 돌아올 땐 어김없이 그의 아내가 그를 안아 차에 태우고 내린다. 눈이 가는 것은 아내의 표정이다. 남편을 안아 차에 태우거나 내리는 그녀의 모습은 온화하고 평화스러우며 너무도 행복한 모습이다. 그 모습이 어찌나 평안해 보이는지 마치 천사의 미소처럼 보는 사람을 편안하게 하며 행복으로 물들게 한다. 그리고 언제나 한결같은 모습이다. 나는 그들을 볼 때마다 삶의 경건함과 사랑의 충만함을 느낀다.

프랑스 주간지 〈누벨 옵세르바토르〉를 공동 창간하고, 프랑스 '68혁명'의 이론적 지도자 가운데 한 사람이며, 1970년대 이래 생태주의 운동에 힘을 바친 좌파 지식인 앙드레 고르.

그는 스물네 살 때 자신보다 한 살 아래인 도린을 만났다. 둘은 만나는 순간부터 서로를 열렬히 사랑하였다.

"도린, 나에게 소원이 있다면 당신과 한날한시에 세상을 뜨는 겁니다."

"고르, 내 소원도 당신과 한날한시에 세상을 뜨는 거예요."

둘은 사랑을 다짐하며 행복하게 살았다.

그러다 도린이 60세 되던 해, 거미막염이란 불치병에 걸렸다. 뇌의 표면은 두 개의 층으로 된 엷은 막으로 싸여 있고, 그 외층이 거미막인데 이곳에 출혈로 인해 염증이 생기는 매우 위험한 병으로 자칫하면 언제든지 목숨을 잃을 수 있는, 하루하루가 시한폭탄을 안고 사는 것과 같은 무서운 병이다.

"오, 이럴 수가…. 도린, 어떻게 당신에게 이처럼 무서운 병이…. 오, 하나님이시여, 나의 도린을 살려주세요. 그래서 오래오래 살게 해 주세요."

앙드레 고르는 도린의 병명을 듣고 이렇게 기도했다. 고르의 그늘진 얼굴을 볼 때마다 도린은 엷은 미소를 지며 이렇게 말했다.

"고르, 너무 걱정 말아요. 난 당신하고 오래오래 행복하게 살거예요. 난 그럴 준비가 되어 있어요. 당신만 나하고 똑같이 생각하면 돼요. 알았죠? 나의 고르…."

고르는 너무도 태연하게 말하는 도린의 모습에서 깊은 신뢰와 자신감을 얻을 수 있었다.

"그래요, 도린. 당신을 절대로 안 죽게 하겠소. 우린 더욱 행복하게 살 권리가 있어요. 그러니 우린 그렇게 살아야 하오."

"당신 말이 백번 옳아요. 지금까지 그래 왔듯이 앞으로도 그렇게 사는 거예요. 고르, 난 지금 너무 행복해요."

"도린, 나도 너무 행복하다오."

그들의 강인한 믿음 덕인지 도린은 그런 무서운 병을 안고도 무려 23년 동안이나 행복하게 인생을 즐기며 살았다.

그러던 어느 날 그들에게 운명 같은 날이 찾아왔다. 도린이 더이상 살 수 없을 만큼 병이 악화되었던 것이다. 도린의 죽음이 임박함을 안 고르는 사랑하는 아내와 함께 하늘나라로 떠났다. 평생 도린만을 사랑하며 살았던 앙드레 고르. 그리고 앙드레 고르를 사랑하며 살았던 도린.

그들은 60년 전에 한 약속을 지키기 위해 한날한시에 하늘나라로 여행을 떠난 것이다. 죽음도 그들의 사랑을 막을 수 없었다. 그들의 사랑은 진실로 강했다. 그리고 위대했다.

아른트는 말했다.

"물은 헛된 행복과 같이 흘러가버린다. 그러나 사랑은 흘러갔다가도 충실하게 되돌아온다."

사랑은 그 어떤 말보다도 진실하고, 사람을 평안으로 이끌어준다. 그러기에 사랑은 사람을 겸손하게 하고, 자유롭게 한다. 사랑은 세상에서 가장 아름다운 말이며, 가장 존중되어져야 할 성스러운 행위이다.

사랑하라!

사랑은 영원한 인간의 구원이며, 명제이며, 존재의 근원이다.

프리드리히 할름은 말했다. "사랑이란 우리를 하늘로 이끌어 가는 별이며, 메마른 황야에서는 한 점의 초록색이며, 회색의 모래 속에 섞인 한 알의 금이다." 그렇다. 사랑은 인간의 삶에서 가장 아름다운 별이며, 황야의 초록빛이며, 황금과 같이 소중하다. 사랑하는 이를 아낌없이 사랑하는 사람은 가장 아름다운 사람이다. 한 번도 슬프지 않은 것처럼 사랑하는 이를 사랑하라.

그런즉 누구든지 그리스도 안에 있으면
새로운 피조물이라
이전 것은 지나갔으니 보라 새 것이 되었도다

_고린도후서 5장 17절

누구나 지금과 다른 새로운 내가 될 수 있다

툭하면 주먹질을 하고 싸움을 일삼는 젊은이가 있었다. 그를 아는 친구들이나 사람들은 그를 만나기라도 하면 외면했다.

"미꾸라지 한 마리가 온 웅덩이를 흐린다고, 딱 그 짝이라니까. 어쩌자고 깡패 같은 녀석이 우리 동네에 사는지. 그 꼴 보기 싫어 이사라도 해야지, 원."

동네 사람들은 이렇게 말하며 그를 손가락질했다. 그는 감옥을 제집 드나들듯 하며 완전히 망나니처럼 살았다.

그러던 어느 날 한 목사를 만나게 되었다. 그 목사는 그를 따뜻하게 대해 주었다. 젊은이는 남들은 자신만 보면 다 피하는데,

자신을 진정으로 대해 주는 목사가 너무 좋았다. 그래서 목사가 하는 말이라면 다 믿고 따랐다.

"자네, 신학을 공부하는 게 어떤가? 공부를 하겠다면 내가 도와주지."

"저 같은 사람이 어떻게 신학을 공부하겠어요."

"자네가 뭐 어때서? 지금의 자네라면 충분히 할 수 있네."

"정말 제가 할 수 있을까요?"

그는 떨리는 가슴으로 말했다.

"그럼. 그러니 하라는 것 아닌가."

목사는 젊은이에게 강한 확신을 심어 주며 말했다.

"목사님, 한번 해 보겠습니다."

목사의 말에 그는 흔쾌히 대답했고 신학 공부를 시작했다. 처음 얼마 동안은 너무 힘들어 포기하고 싶은 생각도 수없이 들었지만 실망할 목사를 생각하니 도저히 포기할 수가 없었다. 젊은이는 밤잠을 줄여가며 공부한 끝에 졸업을 하게 되었다. 그는 졸업을 하는 날 목사에게 큰절을 올렸다. 그리고 다짐했다. 다른 사람들을 위한 삶을 살겠다고.

목사가 된 그는 어려운 이웃들을 보살피며 정성을 다해 믿음을 전했다. 사람들은 그를 좋아했고, 그는 존경받는 목사가 되었다.

깡패로 살던 그가 예수님을 믿고 목사가 된 것은 새로운 내가 되었기 때문이다.

"사람마다 어찌 스스로 새롭고자 하는 양심이 없을까. 마땅히 그
양심에 따라 악한 것을 버리고 착한 것을 찾고, 예전 것은 버리
고 새것을 도모하라. 그러면 반드시 새로움을 찾을 것이다."

《대학》에 나오는 말이다. 이 말에서 보듯 사람은 누구나 지금
과 다른 삶을 살 수 있다. 그것은 의지의 문제이다. 새로운 내가
되고 싶다면 새로운 생각을 하고 새롭게 시도하라.
　새로운 나로 살면 새로운 내가 된다.

누구나 지금과 다른 내가 될 수 있다. 그렇게 할 수 있고 없고는 의지의 문제이다.
지금과 다른 내가 되어 새로운 길을 가고 싶다면 새로운 나로 살면 된다. 성공한 인
생들은 자신을 새로이 살아냈기에 가능했다. 인생을 리모델링하라. 그러면 새로운
내가 된다.

가르침을 받는 자는
말씀을 가르치는 자와
모든 좋은 것을 함께 하라

_ 갈라디아서 6장 6절

가르침을 주는 사람, 가르침을 받는 사람

군사부일체君師父一體라는 말이 있다. 임금과 스승과 부모는 하나라는 뜻으로 스승은 임금과 부모만큼이나 소중한 사람이다.

나의 무지를 일깨워 주는 스승은 내 인생의 빛이다. 빛은 어둠을 밝혀 주는 고마운 존재이다. 빛이 없다면 세상은 암흑과 같아 생존한다는 것은 불가능한 일이 될 것이다. 이와 마찬가지로 스승이 없다면 인생의 무지에 갇혀 의미 없는 삶을 살게 된다.

우리나라 역사상 가장 위대한 임금으로 추앙받는 세종대왕은 어린 시절 형 양녕대군과 효령대군의 그늘에 가린 연약한 아이였다. 물론 충녕대군은 없는 자를 어여삐 여기고, 옳고 그름을 분명히 하는 자애로운 마음을 가지고 있었다. 그 반면에 소심하고 나약한 모습을 보이기도 했다.

그런 그가 스승 이수를 만나면서 달라지기 시작했다. 이수는 충녕대군의 약점이랄 수 있는 소심함과 나약함을 일깨워 주었다. 또한 왕자로서 백성을 대하는 자세와 지혜롭게 사는 법을 가르쳤다. 영특한 충녕대군은 가르침을 주는 대로 자기 것으로 소화해 내며 자신의 내면을 알차게 키워 나갔다. 그리고 마침내 세자로 책봉되었다. 세자로 책봉된 충녕대군은 스승 이수의 가르침에서 터득한 지혜로 자신을 탐탁하지 않게 생각하는 신료들을 보기 좋게 누르며 임금으로 등극하여 민족사에 길이 남는 성군이 되었다.

세종대왕은 스승 이수를 극진히 대했고, 이수 또한 세종대왕이 성군의 길을 가는 데 끝까지 함께하여 바람직한 스승과 제자의 도를 보여 주었다.

알렉산더 대왕과 디오게네스의 관계도 세계사에 길이 회자되고 있다. 알렉산더는 스승 디오게네스로부터 훌륭한 가르침을 받았다. 훗날 왕이 된 알렉산더는 스승을 잊지 못해 좋은 곳으로 모시려고 했으나 디오게네스가 원치 않아 그대로 발길을 돌렸다.

디오게네스는 가르침을 준 대가를 받는다는 것은 스승의 도가 아니라고 여겼던 것이다. 알렉산더 역시 스승의 뜻을 받들어 그가 원하는 대로 하는 것이야말로 제자의 도라고 생각했던 것이다.

역시 훌륭한 스승 밑에 훌륭한 제자가 나오는 법이다.

좋은 스승의 가르침을 받는다는 것은 인생의 홍복이다. 그런데 요즘 우리 사회를 보면 가르침을 주는 이나 가르침을 받는 이들이나 자세가 되어 있지 않음을 볼 수 있다. 가르침을 주는 이는 가치를 떨어뜨리는 언행을 일삼고, 가르침을 받는 이는 예를 다하지 않는 작태를 일삼는다. 신문 사회면은 연일 불미스러운 기사로 채워진다.

물론 그런 가운데도 스승의 도를 다하는 이가 있어 귀감이 된다. 또 제자의 예를 다함으로써 보는 이들의 마음을 흐뭇하게 하기도 한다. 하지만 이러한 예는 그리 눈에 띄지 않으니 그저 안타까울 뿐이다.

"좋은 스승에게 오래 배우고 싶다면 배움에 대한 의지와 정열을 품고 예의를 다하라."

이는 《논어》에 나오는 말이다. 이 말에서처럼 좋은 스승을 만나는 것도 복이지만, 먼저 좋은 스승을 받아들일 자세를 갖추어야 한다. 그렇게 될 때 좋은 스승을 만나게 되는 것이다.

발전적인 사람이 되고 싶다면 좋은 스승을 만나야 한다.
좋은 스승을 만나기 위해서는 좋은 제자가 될 준비를 갖춰라.
준비가 된 자는 반드시 좋은 스승을 만나게 될 것이다.

CHAPTER 7

아침 기도로
하루를 활짝 열고
즐겁게 시작하라

스스로 속이지 말라
하나님은 업신여김을 받지 아니하시나니
사람이 무엇으로 심든지 그대로 거두리라

_ 갈라디아서 6장 7절

불변의 법칙, 무엇이든 심은 대로 거둔다

종두득두種豆得豆라는 말이 있다.

'콩을 심으면 콩이 나고, 팥을 심으면 팥이 난다'는 말이다. 콩을 심었는데 팥이 나고, 팥을 심었는데 콩이 나는 일은 절대로 없다. 그런데도 콩을 심고도 팥이 나기를 기다리는 사람들이 있다. 이는 대단히 어리석은 생각이 아닐 수 없다.

세상은 자신이 원한다고 해서 원하는 것을 주지 않는다. 원하는 것을 얻기 위해서는 그에 맞는 대가를 지불해야 한다. 노력 없이는 그 어떤 것도 얻을 수 없는 게 세상의 진리이다.

지금 우리 사회는 병들어 가고 있다. 제정신이 아닌 사람들이 나날이 늘어간다. 자신의 삶이 힘들다고 아무 죄도 없는 사람들에게 흉포한 짓거리를 일삼는다. 반성은커녕 자신이 안 되는 것을 남의 탓으로 돌린다.

물론 우리 사회가 어렵고 힘든 사람들에게 너그럽지 못한 건 사실이다. 가진 자들의 금고는 점점 배를 불리는데 서민들의 금고는 점점 바닥을 드러내고 있다. 뿐만 아니라 최하위 계층의 사람들은 하루하루 생계를 위협받고 있다. 매우 불합리적인 사회 구조를 지녔다.

하지만 그렇다고 해서 자신의 삶을 망치고 남의 삶까지 망치는 일을 한다는 것은 천벌을 받아 마땅하다. 하나님이 두려우면 어떻게 그런 짓을 할 수 있을까. 이는 스스로를 죄악의 불구덩이 속으로 내던지는 것과 같다.

힘들다고 해서 막 살아도 된다면 법이 존재할 이유는 무엇이며, 사회적 윤리는 무엇이란 말인가. 힘들수록 진지하게 자신을 돌아보아야 한다. 지금의 나는 어떤 존재인가, 과연 잘하고 있는가, 지금 나는 원하는 길을 가고 있는가에 대해 스스로에게 묻고 대답할 줄 알아야 한다. 계속 스스로에게 질문을 던지고 생각하다 보면 자신에 대해 좀 더 깊이 들여다보는 눈이 길러진다. 그리고 지금 시점에서 내가 무엇을 해야 하는지에 대해 생각하게 된다.

이렇게 되면 모든 것을 자신의 탓으로 여기게 되어 심기일전하는 마음을 갖게 된다. 다시 마음을 추슬러 독하게 마음을 먹고 무슨 일이든 해야겠다는 결심을 하게 되고, 최선을 다하게 된다.

실제로 지금 만족한 삶을 살아가는 사람들 중에는 절망의 끝자락에서 다시 일어선 사람들이 많다. 그들은 삶의 밑바닥에서 자신의 참모습을 발견하고 최선을 다한 끝에 자신이 원하는 것을 얻을 수 있었다.

그런데 모든 것을 남의 탓으로 돌리고, 사회 탓으로 돌리니 해서는 안 되는 짓을 하게 되고 파멸이라는 쓰디쓴 결과를 맞게 되는 것이다.

자신이 원하는 것을 얻고 싶다면 원하는 것을 위해 열정을 바쳐라. 자신이 심은 대로 얻게 될 것이다.

나는 누구인가, 나는 지금 내가 원하는 삶을 살고 있는가에 대해 진지하게 성찰하는 자세를 가져야 한다. 이러한 과정을 통해 자신을 깊이 들여다보는 눈을 기르게 된다. 자신을 깊이 보는 눈을 갖게 되면 어떤 순간에도 허튼 짓을 하지 않게 된다. 설령 최악의 상황에 이르게 되어도 다시 일어서고야 만다. 자신이 무엇을 심어야 할지를 잘 알기 때문이다. 날마다 기도를 통해 자신을 돌아보고 또 돌아보라.

우리가 선을 행하되 낙심하지 말지니
포기하지 아니하면 때가 이르매 거두리라

_ 갈라디아서 6장 9절

포기하지 않으면 때가 이르매 거둘 것이다

성공하는 사람들에게는 몇 가지 공통점이 있다.

첫째, 끝까지 하는 힘이 강하다.

어떤 일을 하다 보면 마음먹은 대로 잘되는 경우도 있지만 그렇지 않는 경우도 허다하다. 성공하는 사람들은 자신이 하는 일이 안 될 때 더욱 힘을 발휘한다. 어떤 상황에서도 포기하지 않고 끝까지 해낸다.

둘째, 신념이 강하다.

성공하는 사람들은 자신이 하는 일을 반드시 해내고야 말겠다는 강인한 정신을 갖고 있다. 그래서 어지간한 일에는 흔들리지 않는다.

셋째, 낙관적인 마인드를 갖고 있다.

낙관적인 마인드는 성공하는 데 있어 매우 중요하다. 일을 하다 보면 힘들 때도 많다. 이럴 때 낙관적인 마인드는 빛을 발한다. 걱정하는 마음을 덮어 준다.

넷째, 실패를 아무렇지 않게 여기고 긍정적으로 생각한다.

대부분의 사람들은 실패를 하면 낙심을 하게 된다. 하지만 성공하는 사람들은 실패를 성공의 과정이라고 여기고 긍정적으로 생각한다. 이처럼 긍정적인 생각은 스스로를 격려하는 역할을 함으로써 잘되게 하는 것이다.

다섯째, 자신이 하는 일을 즐긴다.

성공하는 사람들은 일을 즐긴다. 축구를 좋아하는 이들이 즐기면서 공을 차듯, 일을 즐기면서 하다 보니 성취도가 높아지는 것이다. 성취도가 높을수록 성공할 확률이 높다.

여섯째, 소통하는 데 능숙하다.

소통은 인간관계에 있어 매우 중요하다. 소통이 잘되면 매사에 막힘이 없이 순조롭다. 그래서 소통을 잘하는 사람 주변에는 좋은 사람들이 많다. 그들 한 사람 한 사람은 좋은 파트너십을 발휘하게 하는 성공의 필수 요소이다.

성공하는 사람들에게는 이처럼 좋은 성공 마인드가 있다. 이런 마인드는 포기하는 것을 용납하지 않는다.

"우리는 포기하지 않을 것이다. 우리는 끝까지 해낼 것이다. 우리는 결코 항복하지 않을 것이다."

이는 윈스턴 처칠이 수상으로 선출되고 나서 한 말이다. 처칠은 패배를 모르는 사람이었다. 죽을 고비를 수차례 넘기면서도 끝까지 살아남았던 것이다. 그랬기에 제2차 세계대전을 승리로 이끌어 낼 수 있었다. 또한 영국을 작지만 강한 나라로 부각시키는 데 일조하였다.

포기는 자신의 인생을 송두리째 무너뜨리는 부정적인 마인드이다. 어떤 일에 있어서도 결코 포기하지 마라.

"몸을 아끼지 않고 쓰러질 결심으로 나아가는 사람이 승리를 얻는다." 이 말은 강한 의지와 신념을 잘 보여 준다. 포기하지 않는 사람들은 몸을 아끼지 않는다. 왜냐하면 그것은 자신을 실패로 몰아간다는 것을 잘 알기 때문이다. 성공하고 싶다면 포기하고 싶은 마음을 이기는 법을 배워라.

내 사랑하는 형제들아 너희가 알지니
사람마다 듣기는 속히 하고
말하기는 더디 하며 성내기도 더디 하라

_ 야고보서 1장 19절

대화의 고수가 되는 바람직한 경청의 자세

말을 유창하게 잘하는 사람보다 남의 말을 잘 들어 주는 사람이 말을 더 잘하는 사람이다. 대부분의 사람들은 말하는 것을 즐겨하지만, 남의 말을 귀담아 듣는 데는 소홀하기 때문이다.

남의 말을 잘 들어 주기 위해서는 어떻게 해야 할까.

첫째, 상대방이 말할 때 진지하게 들어 주어라.

남이 말을 하는데 중간에서 자르거나, 몸을 움직이거나 다른 곳을 바라보는 일은 삼가야 한다. 이런 태도는 상대를 불쾌하게 만든다.

둘째, 이야기를 듣는 도중 가끔씩 상대방의 말에 추임새를 놓아라.

상대방 말에 공감하거나 이치에 맞는 말을 할 때, 추임새를 놓듯 "그래서요?" 또는 "그랬군요." 등의 말을 하면 상대는 자신이 말을 잘한다고 여기게 됨으로써 기분이 좋아진다.

셋째, 이해가 가지 않는 말이나 놓친 말은 다시 물어보라.

이야기를 듣다 모르는 말이 나오면 "그 말이 무슨 뜻인데요?" 하고 물어 보라. 또 "방금 한 얘기 한 번 더 해 주시겠어요?"라고 요청하라. 그러면 상대는 신이 나서 말할 것이다. 자신의 말을 흥미 있게 듣고 있다고 생각하기 때문이다.

이처럼 상대방의 말을 들어 주면 상대는 인정받는다고 여겨 그 사람을 좋아하게 된다.

하지만 대개의 사람들은 경청하는 데 익숙하지 못하다. 상대방의 얘기만 듣고 있으면 자신은 말을 못하는 사람으로 인식한다. 말을 더 많이 해야 말을 잘하는 것으로 여기기 때문이다.

말을 잘하는 사람이 소통을 더 잘한다고 여기는 것도 이런 마음에서다. 그러나 이는 잘못된 생각이다. 말을 잘 못해도 대인관계를 명쾌하게 하는 사람들이 있다. 이들은 말을 잘하지는 못하는 대신 상대방의 말을 잘 들어 준다. 경청을 잘하는 것이 말을 잘하는 것보다 소통에 더 효과적이다.

"인간의 입은 하나, 귀는 둘이다. 이것은 듣기를 배로 하라는 것이다."

이는 《탈무드》에 나오는 말이다. 만약 귀가 하나고 입이 두 개라면 어떨까. 두 개의 입으로 연신 말하려고 할 테니까 아마 정신이 없을 것이다.

탁월한 자기계발전문가이자 저자인 데일 카네기를 대화의 명수라고 하는 이유는 그가 말을 잘해서가 아니다. 남의 말을 몇 시간씩이라도 잘 들어 주기 때문이다.

말을 하되 듣기를 더 즐겨하라. 이런 사람이 대화의 귀재이다.

하버드 대학교의 찰스 W. 엘리어트 전 총장은 "통하는 대화의 비결은 간단하다. 상대방이 말할 때 주의 깊게 듣는 것이 중요하다."라고 말했다. 또 대화와 인터뷰의 마스터 이삭 F. 말코슨은 이렇게 말했다. "많은 사람들이 좋은 첫인상을 주지 못하는 것은 상대방의 말을 정중하게 들을 줄 모르기 때문이다." 이들의 말은 경청이 소통하는 데 있어 얼마나 중요한지를 잘 알게 한다. 통하는 대화를 하라. 그것은 곧 경청하는 것이다.

시험을 참는 자는 복이 있나니
이는 시련을 견디어 낸 자가
주께서 자기를 사랑하는 자들에게 약속하신
생명의 면류관을 얻을 것이기 때문이라

_야고보서 1장 12절

삶의 시험을 참고 견디어 이기는 사람이 되라

나의 책《사랑하라 오늘이 마지막인 것처럼》에 그림을 그린 탁용준 화가는 신혼 때 불의의 사고를 당했다. 가족들의 충격은 이루 말할 수 없었다. 특히 그의 아내의 고통이 컸다. 한창 신혼의 단꿈에 젖어 행복한 미래를 설계하며 지내야 하건만, 몸을 전혀 움직일 수 없는 남편을 바라보자니 하염없이 눈물만 나왔다. 그러나 마냥 울고만 있을 수는 없었다. 어떤 일이 있더라도 남편을 살려내고야 말겠다고 하나님께 다짐했다.

그의 아내는 지극정성으로 남편을 보살폈다.

"하나님, 제 남편을 살려 주십시오. 제 남편을 살려 주시면 열심히 봉사하며 하나님 뜻대로 살겠습니다."

그녀는 날마다 쉬지 않고 기도했다. 기도할 때마다 그녀의 얼굴은 눈물범벅이 되었다. 그녀의 기도는 듣고 있는 사람의 마음까지도 흠뻑 적실 만큼 너무나도 간절했다.

그러던 어느 날 그에게서 희망이 보이기 시작했다. 그의 아내는 더욱 정성 드려 기도를 하고 그를 보살폈다.

지성이면 감천이라는 말처럼 그는 건강을 되찾기 시작했다. 비록 몸을 움직일 수는 없었지만 꾸준히 재활치료를 받으며 손을 움직일 수 있게 되었다.

"자기야, 힘들지만 잘 참아줘서 고마워."

"고맙긴. 내가 고맙지. 자기야, 정말 고마워."

아내는 그에게, 그는 아내에게 서로 고맙다며 말했다.

그들은 하나님께 감사의 기도를 드리며 재활치료에 더욱 집중하였다. 그러자 손을 자유자재로 쓸 수는 없지만 손목은 움직일 수 있게 되었다.

그는 앞으로 해야 할 일에 대해 곰곰이 생각해 보았다. 그때 그림을 그려 보면 좋을 것 같다는 말을 들었다. 그림이라는 말에 그의 눈은 섬광을 일으키며 빛이 났다.

"그래, 그림을 그리는 거야. 내가 왜 그 생각을 못했지."

그는 그림을 그려야겠다고 다짐을 했다. 퇴원을 한 그는 그림 수업을 받았다. 강사는 정성을 다해 그에게 그림을 가르쳤다. 학창 시절 그림에 소질을 보였던 그의 솜씨는 일취월장하였다. 그림 수업을 마친 그는 대학에서 진행하는 그림 수업을 받기로 했다. 그의 아내는 2년 동안 남편을 태우고 학교를 오갔다. 그의 그림 실력은 눈에 띄게 발전하였고, 대한민국미술대전에서 입상하는 쾌거를 이루어 냈다.

그렇게 그는 화가가 되었다. 비록 손목에 붓을 묶어 그림을 그리지만 그의 열정은 누구도 따를 수 없었다. 그렇게 한 점 두 점 그려 나가다 마침내 첫 번째 개인 전시회를 열었다. 반응은 뜨거웠다. 개인전을 성공리에 마친 그의 눈에는 기쁨의 눈물이 맺혔다.

"자기야, 오늘 이 기쁨은 모두 자기가 내게 준 선물이야. 정말 고마워."

그는 모든 공을 아내에게 돌렸다.

"그렇게 말해 줘서 고마워. 하지만 이 모두는 자기가 열심히 해 준 노력의 결과야. 난 자기를 믿어. 자기는 훌륭한 화가가 될 거야."

아내는 이렇게 말하며 환하게 웃었다.

이후로도 그는 지금까지 개인전 및 공동 전시회를 수십여 차례나 열었고, 그 노력을 인정받아 대통령 표창까지 받았다. 참으로 놀라운 일이 아닐 수 없다. 그만큼 그의 열정은 대단하다. 그는 늘 더욱 좋은 그림을 그리겠다는 꿈에 부풀어 있다.

그가 인생에 있어 최악의 상황에서도 참고 견딜 수 있었던 것은 불굴의 의지로 최선을 다했기 때문이다.

"명심하라. 하늘은 견딜 수 없는 슬픔은 결코 인간에게 주지 않는다는 사실을."

뉴욕타임스 칼럼니스트이자 작가인 윌리엄 사파이어의 말이다. 하나님은 인간이 극복하지 못할 시련은 주지 않으신다. 극복할 수 있는 시련만을 주신다. 지금 어떤 문제로 고통스러워하거나 힘든 일을 겪고 있더라도 절대 지지 마라. 이겨낼 수만 있다면 반드시 좋은 결과를 얻게 될 것이다.

똑같은 어려움을 겪어도 어떤 이는 아무렇지도 않게 여기며 최선을 다한다. 그리고 마침내 자신이 바라는 인생을 살아간다. 하지만 어떤 이는 하늘이 무너진 것처럼 슬퍼하며 갈팡질팡한다. 그래서 불행한 인생을 살아간다. 어려움을 이겨 내고 행복하게 살고 싶다면 참고 견디는 힘을 길러야 한다. 참고 견디며 노력하면 그 어떤 어려움도 반드시 극복할 수 있게 된다.

여호와여 아침에 주께서
나의 소리를 들으시리니
아침에 내가 주께 기도하고 바라리이다

_시편 5편 3절

아침 기도로 하루를 활짝 열고 즐겁게 시작하라

아침은 하루가 시작되는 시간이다. 시작을 기분 좋게 하면 하루가 즐겁다. 아침에 기분 좋게 흥얼거리면 하루 종일 흥얼거리게 된다. 이와 마찬가지로 아침에 기도를 하면 더욱 힘을 내서 즐거운 마음으로 하루를 보낼 수 있다.

이스라엘의 두 번째 왕인 다윗을 보자.

그는 아침마다 하나님께 기도를 드렸다. 이스라엘 백성들이 평화롭게 살아갈 수 있도록 해달라고, 자신이 바라는 것을 들어달라고 기도했다. 하나님께서는 언제나 다윗의 기도를 들어주셨다.

다윗은 용기의 표상이다. 그는 성공한 이스라엘 왕으로서 그 어느 누구보다도 믿음이 강건한 왕이었다.

아침에 하는 기도는 마음을 상쾌하게 한다.

"오늘도 즐거운 하루가 되게 해 주세요."

"좋은 날씨를 주셔서 감사합니다."

"계획한 것을 잘하게 도와주세요."

"사랑하는 우리 가족이 행복한 하루가 되게 해 주세요."

"주변 사람들이 모두 즐거운 날이 되게 해 주세요."

"오늘 하루도 감사한 날이 되게 하소서."

"오늘도 내 인생에 의미 있는 하루가 되게 해 주세요."

아침에 이런 기도를 한다면 어떨까?

즐겁고 기분 좋은 하루를 보내게 될 것이다. 내일 아침부터 당장 아침 기도를 시작해 보라. 꾸준히 아침 기도를 하다 보면 자신의 삶이 바뀐다는 것을 느끼게 될 것이다.

상쾌한 아침 기도는 하루를 즐겁게 하는 행복의 충전소이다. 기쁠 때도 기도하고, 우울할 때도 기도하고, 감사할 때도 기도하고, 맑은 날에도 기도하고, 비 오는 날에도 기도하라. 기도하는 대로 얻게 될 것이다.

자족하는 마음이 있으면
경건은 큰 이익이 되느니라

_ 디모데전서 6장 6절

스스로 만족하는 마음을 갖고 살아가기

"만족함을 알면 즐거울 것이며, 탐내기를 힘쓰면 근심이 생긴다."

《명심보감》에 나오는 말이다.

만족이란 마음을 채워 흡족하게 하는 것이다. 그러나 만족의 기준은 사람마다 다르다. 어떤 사람은 작고 보잘것없는 것에서도 만족하는가 하면, 어떤 사람은 넘치도록 풍족한데도 만족하지 못해 안절부절못한다.

이처럼 사람의 마음이란 천차만별이다. 그렇다면 어떻게 사는 것이 바람직할까. 당연히 작은 일에도 만족하며 사는 것이다. 작은 것에 만족하면 더 큰 행복감을 느낄 수 있기 때문이다.

　나무 장사를 하며 사는 랍비가 있었다. 랍비는 산에서 나무를 해서 마을까지 실어나르느라 많은 시간을 허비해야만 했다.《탈무드》를 공부하는 데 시간이 너무 부족하자 랍비는 당나귀를 한 마리 샀다.

　"자, 이제 당나귀가 있으니 많은 시간을 벌 수 있겠군."

　제자들도 크게 기뻐하며 당나귀를 끌고 냇가로 가서 씻겨 주었다. 그때 갑자기 당나귀 목구멍에서 다이아몬드가 튀어나왔다.

　"이 다이아몬드를 선생님께 갖다 드리자. 이제 선생님께서 나무를 해다 팔지 않으셔도 되겠어."

　"그래, 맞아. 선생님께서 그 힘든 일을 안 하시는 것만으로도 얼마나 감사한 일이야."

　제자들은 다이아몬드를 랍비에게 갖다 주었다. 그러나 당연히 기뻐할 줄 알았던 랍비는 근엄한 목소리로 말했다.

　"지금 당장 이 다이아몬드를 당나귀 전 주인에게 갖다 주어라."

　그러자 제자들은 어리둥절한 표정으로 물었다.

　"선생님, 이 당나귀는 선생님께서 사신 것이 아닙니까?"

　"그렇지."

　"그런데 왜 당나귀 전 주인에게 갖다 주라고 하시는지요?"

"나는 당나귀를 산 것이지 다이아몬드를 산 것은 아니다. 그러니 다이아몬드는 당나귀 전 주인에게 갖다 주도록 해라."

제자들은 랍비의 말을 듣고 크게 감동하여 더욱 그를 존경하였다.

이 이야기는 많은 것을 생각하게 한다. 남의 것을 빼앗아서라도 자신의 것으로 만들기 위해 불법을 자행하는 사람, 자신의 이익을 위해서라면 수단과 방법을 가리지 않는 사람들이 있다. 이런 사람들은 만족을 모르는 사람들이다.

이 이야기 속의 랍비는 자신의 삶에 만족할 줄 알았다. 그랬기에 공짜로 생긴 다이아몬드를 돌처럼 여겼던 것이다.

작은 일에도 만족하는 삶을 살아야 한다. 그래야 남의 것을 탐하지 않고, 불법을 행하지 않고, 정직하고 떳떳하게 삶으로써 더 큰 행복을 얻게 되는 것이다.

모든 불행은 만족할 줄 모르는 데서 일어난다. 만족할 줄 모르다 보니 남의 것을 부러워하고, 편법을 쓰게 되고, 속여서라도 자기의 만족을 채우려고 한다. 남을 속이고 편법을 쓰는 일은 죄악이다. 작은 것에 만족할 줄 안다면 더 큰 행복을 느끼며 살게 된다. 하나씩 하나씩 채워 나가는 즐거움이 더 큰 행복을 주기 때문이다.

**깨끗한 자들에게는 모든 것이 깨끗하나
더럽고 믿지 아니하는 자들에게는
아무 것도 깨끗한 것이 없고
오직 그들의 마음과 양심이 더러운지라**

_ 디도서 1장 15절

양심을 믿고 문을 연 어느 무인가게 이야기

전라도 어느 지방에서 있었던 일이다.

어떤 사람이 양심가게라고 불리는 무인가게를 차렸다. 가게를 보는 사람이 없어도 돈을 내고, 자기가 필요한 물건을 가지고 가게 했다.

"무인가게가 생겼다고?"

"그렇다니까."

"세상에 그런 가게가 다 생기다니. 그런데 잘될까? 그거야말로 순전히 양심에 따른 문제인데."

"두고 보면 알겠지."

소식을 들은 사람들은 처음엔 신기해하며 과연 무인가게가 잘 될까, 생각했다.

사람들은 가게에 들어가 자기에게 필요한 물건을 가져갔다.

보는 사람이 없어도 돈을 꼬박꼬박 통에 넣고 가는 사람들이 있는 반면, 그냥 물건만 가져가는 사람들도 있었다. 이렇게 되자 점점 손실이 늘어만 갔다.

그러던 어느 날 가게 앞에 더이상 가게를 운영할 수 없게 되었다는 글귀가 붙었다.

양심을 저버린 사람들 때문에 양심을 잘 지킨 사람들만 억울하게 되었다. 양심을 잘 지킨 사람들이야말로 마음이 깨끗한 사람들이다. 이런 사람들은 전 세계 어디를 가도 자신의 양심에 따라 행동할 사람들이다.

양심을 저버린 사람들 역시 마찬가지다. 더럽혀진 마음은 깨끗이 씻어내지 않으면 절대로 변하지 않는다. 그렇다면 마음을 씻기 위해서는 어떻게 해야 할까?

첫째, 묵상을 하는 것이다.

둘째, 마음을 평온케 하는 잔잔한 음악을 들으며 자신에 대해 생각해 보는 시간을 갖는 것이다.

셋째, 기도를 하는 것이다.

넷째, 자신이 한 일을 솔직하게 기록하는 것이다.

이런 방법을 꾸준히 반복하면 자신을 들여다보는 마음의 눈이 밝아진다. 마음의 눈이 밝아지면 양심에 따라 행동하게 된다.

"선은 하나밖에 없다. 그것은 자기 양심에 따라 행동하는 일이다."

이는 보오브아르가 한 말인데 양심에 따라 행동하는 것이 곧 선이라는 것이다. 옳은 말이다. 양심을 지키는 일은 곧 선을 행하는 일인 것이다.

지금 우리나라 경제 수준은 선진국 수준에 이르렀다. 하지만 우리나라가 진정한 선진국이 되기 위해서는 문화 수준을 높여야 한다. 특히 질서문화, 교통문화, 양심문화를 높여야 한다. 이를 우리보다 앞선 선진국처럼만 높일 수 있다면 우리나라는 어엿한 선진국으로 자리매김하게 될 것이다.

선비들은 자신의 양심을 더럽히지 않으려고 수시로 명상을 했다고 한다. 그들은 성현의 가르침에 따라 깊은 산속에 들거나, 시끄러움 속에서도 자신의 마음을 가다듬었다. 깨끗한 마음으로 사는 것이야말로 인간답게 사는 일이다.

> **사람들이 종일 내게 하는 말이**
> **네 하나님이 어디 있느뇨 하오니**
> **내 눈물이 주야로**
> **내 음식이 되었도다**
>
> _시편 42편 3절

고난의 눈물에 절대 굴복하지 마라

농부들이 추수를 하기까지는 많은 고초를 감수해야 한다. 가뭄이라는 고초, 장마라는 고초, 태풍이라는 고초, 우박이라는 고초, 서리라는 고초 등 갖가지 고초를 이겨 내야 비로소 추수하는 기쁨을 거둘 수 있다.

고초를 견디지 못하면 곡식을 제대로 길러 낼 수 없다. 농부는 천심天心을 가진 사람이다. 농부가 되려면 인내하고 때를 기다릴 줄 알아야 한다. 그래서 농사는 아무나 할 수 없다. 그런데 많은 이들이 농사는 배우지 못한 사람들이나 하는 일이라고 잘못 생각하는 것 같다. 이 얼마나 어처구니없는 생각이란 말인가.

농부란 하나님을 가장 많이 닮은 사람이다. 그러니 얼마나 위대한 사람인가. 자신이 하는 일을 농부의 마음으로 할 수 있다면 분명히 잘 해낼 수 있다.

어떤 소년이 있었다. 신발 살 돈이 없어 맨발로 다녀야 할 만큼 가난하였다. 그러다 보니 늘 돌부리에 채여 상처가 나고 피가 났다. 하지만 소년은 불평하거나 기가 꺾이지 않았다. 그의 마음속에는 반드시 성공해야겠다는 꿈이 자라고 있었다. 그는 하루에 16시간씩 일하며 자신의 꿈을 위해 달려갔다. 그렇게 노력한 결과 그는 뉴욕의 거부가 되었고, 정치에 뛰어들어 열심히 노력한 끝에 뉴욕시장이 되었다. 그의 이름은 기드온 리이다.

그가 자신의 꿈을 이룰 수 있었던 것은 고난의 눈물에 굴복하지 않고, 농부의 마음으로 정성껏 자신의 삶을 가꾸었기 때문이다.

이 세상에서 가장 인내심을 필요로 하는 농부. 농부가 가을에 기쁨으로 곡식의 단을 거두듯, 농부처럼만 할 수 있다면 자신이 바라는 꿈을 이룰 수 있을 것이다.

그 어떤 고난의 눈물에도 절대 무릎 꿇지 마라. 농부의 마음으로 인생의 기쁨을 거두는 그대가 되라.

자기계발전문가인 노만 빈센트 필 박사는
"자신이 하는 일이 즐거워지도록 노력하라. 그렇게만 할 수 있다면
일은 힘든 것이 아니라 즐거운 것이 될 것이다."라고 말했다.
그렇다. 아무리 힘든 일도 즐거운 마음으로 하면 쉽게 해낼 수 있다.
즐거운 마음에는 무한한 에너지가 들어 있기 때문이다.
자신의 꿈을 이루고 싶다면 인생의 고난에 굴복하지 말고,
언제나 참고 견디며 즐거운 마음으로 실천하라.

CHAPTER 8

감사한
마음으로 살면
감사한
일이 생긴다

내가 곧 길이요 진리요 생명이니
나로 말미암지 않고는
아버지께로 올 자가 없느니라

_요한복음 14장 6절

참된 길을 걸어가는 법

인생의 참된 길은 있는 것일까?

인류가 이 땅에 존재하던 그 순간부터 인간에게 주어진 문제가 바로 '인생을 참되게 살아갈 수 있느냐' 하는 것이다. 이에 대한 해답을 얻기 위해 동서양의 많은 성현들은 몸과 마음을 단련하고 고행도 마다하지 않았다.

그러나 아직까지도 '이것이 답'이라고 말하는 이들은 없다. 하지만 이에 대한 답은 분명히 있다. 그것은 바로 예수 그리스도께서 하신 말씀으로 요한복음 14장 6절의 말씀이다.

"내가 곧 길이요 진리요 생명이니 나로 말미암지 않고는 아버지께로 올 자가 없느니라."

이 말씀에는 인생을 참되게 살아가는 방법이 명료하게 제시되어 있다. 내가 길이라는 것, 즉 예수 그리스도께서 길이라는 것이다. 이것은 무엇을 의미하는 것일까. 예수 그리스도를 따르는 것, 그리고 그의 말씀대로 순종하며 실천하는 것, 그것이 바로 참된 길을 걸어가는 방법이라는 것이다.

고기를 잡던 시몬과 야고보를 비롯한 열두 명의 제자들은 예수 그리스도의 부름에 조금도 의심하지 않고 따랐다.

"내가 너희를 사람을 낚는 어부가 되게 하리라."

처음 이 말을 들었을 때 이게 대체 무슨 말인지 의심조차 하지 않고 무조건 따랐다는 데 의의가 있다. 만일 이들이 그게 무슨 의미이며 당신이 누군데 그런 말을 하느냐고 물었다면 신약성경은 존재하지 않았을 것이다. 그러나 그들 중 어느 누구도 예수 그리스도의 부름에 거부하지 않았다.

참된 길은 바로 이와 같은 것이다. 예수 그리스도를 믿는 것, 그리고 그 말씀대로 따르고 실천하며 사는 것이다.

참된 길을 걸어간다는 것은 쉽지 않다. 그 길은 때론 고행이 따르고, 절제가 따르고, 선행이 지켜져야 하며, 배려하는 일에 주저함이 없어야 하기 때문이다. 그러나 참된 길을 가기 위해서는 그렇게 행해야만 한다. 그러기 때문에 참된 길을 가는 것이 어려운 것이다.

그럼에도 불구하고 참된 길을 가기를 원한다면 당당하게 그 길을 가야 한다. 가다 어려움을 만나면 최선을 다해 극복하고, 즐거움을 만나면 무조건 감사하라.

인생을 살아가다 혼자 힘으로 해결할 수 없을 땐 예수 그리스도의 말씀에 의지하라. 그러면 손을 잡아 주고, 길을 열어 주실 것이다.

참된 길은 그 길을 선택한 자만이 갈 수 있는 가장 아름답고, 가장 행복하고, 가장 감사한 길이다.

누군가를 위해 자신이 가진 것으로 베풀며, 용기를 주고, 꿈을 이루게 도와줄 수 있다면 그 길을 주저하지 마라. 그 길은 자신은 물론 주변 사람들에게도 은혜롭고 행복한 일이다. 참된 길이란 남이 가지 않아도 가야 하는 길이며, 시련이 따르더라도 기쁘게 가는 길이다. 참된 길은 아무나 갈 수 없지만, 누구에게나 열려 있는 길이다. 자신의 인생을 값지게 살고 싶다면 참된 길을 가라. 참된 길은 돈으로도, 명예로도, 권력으로도 살 수 없다. 오직 예수 그리스도 안에서 그를 따르고 실천할 때에만 갈 수 있는 길이다.

내가 궁핍하므로 말하는 것이 아니니라
어떠한 형편에든지 나는 자족하기를 배웠노니
나는 비천에 처할 줄도 알고 풍부에 처할 줄도 알아
모든 일 곧 배부름과 배고픔과
풍부와 궁핍에도 처할 줄 아는
일체의 비결을 배웠노라

_ 빌립보서 4장 11~12절

내 인생을 바꾸는, 어떤 상황에서도 자족하는 힘

작가 윌리엄 A. 워드는 이렇게 말했다.

"미래는 현재의 내가 하는 행동에 따라 결정된다."

이 말이 의미하는 것은 현실을 직시하고 그에 따라 실천하라는 것이다. 사람은 누구나 머리로는 생각한다. 그러나 그것을 실천에 옮기는 일에는 미숙하다. 의지가 약하고 목적의식이 분명하지 않아서이다.

자신의 일을 성공적으로 이끈 사람들은 실천가이다. 그들은 생각한 것은 즉시 실천에 옮긴다. 한번 내린 결정을 번복하거나 우물쭈물하지 않는다. 그리고 한 번 시작한 일은 절대 중도에 포기하지 않는다. 추진하다 막히면 그 원인을 밝혀 그에 맞는 방법을 찾아 다시 실천에 옮긴다. 끝까지 해내는 힘이 뛰어나다.

그러나 하는 일마다 실패를 하는 사람들은 우물쭈물하거나 남이 하니까 따라서 하다가 일이 막히면 어쩌지 못하고 포기하고 만다. 결단력과 실천력이 부족하고 끝까지 해내는 뒷심이 부족하다.

자신의 일을 잘 해내는 사람과 잘 해내지 못하는 사람의 차이점은 확고한 결정 능력과 실천력의 차이에 있다. '확고한 결정 능력'이 부족하다고 스스로 생각한다면 우유부단한 마음을 고쳐야 한다. 그런 마음으로는 아무리 실천을 한다고 해도 별다른 성과를 내기 어렵기 때문이다. 그리고 실천력을 길러야 한다. 실천력이 뛰어날수록 좋은 결과를 얻을 수 있기 때문이다.

'내 인생을 바꾸는, 어떤 상황에도 자족하는 힘'은 그렇게 어렵거나 거창하지 않다. 참고 견디는 마음과 의지가 강하면 된다. 또한 어떤 환경에도 적응할 수 있으면 된다.

이에 대해 토머스 칼라일은 이렇게 말했다.

"약자는 길을 가다 돌을 만나면 걸림돌이라 하고, 강자는 돌을 만나면 디딤돌이라고 한다."

정문일침頂門一鍼과도 같이 명쾌한 말이다.

약자가 되고 싶은 사람은 없다. 강자가 되어 꿈꾸던 삶을 살아야 한다. 그것이야말로 자신의 인생을 스스로 축복하는 일이다.

"어느 분야에서든 성공한 사람들은 모두 하나같이 쉬지 않고 부지런히 자신이 뜻하는 바를 향해 걸어갔던 사람들이다." 노만 빈센트 필 박사가 한 말이다. 이 말은 내 인생을 바꾸는 힘이 무엇인지를 알려 준다. 바로 쉬지 않고 부지런히 자신의 꿈을 향해 가는 것이다. 그러기 위해서는 참고 견딤으로써, 그 어떤 환경에서도 적응할 수 있어야 함을 잊지 말아야 할 것이다.

술 취하지 말라 이는 방탕한 것이니
오직 성령으로 충만함을 받으라

_ 에베소서 5장 18절

자신에게도 남에게도 해를 끼치는 음주의 위험성

술이란 적당히 마시면 약주가 된다. 그런데 술을 마시는 대개의 사람들을 보면 마치 술과 원수가 된 것 같다. 따르기가 무섭게 단숨에 마셔버린다. 마시는 것이 아니라 들이킨다는 표현이 옳다. 술을 빨리 마시는 이들은 안주를 거의 입에 대지 않는다. 그러다 보니 깊이 취해버린다. 술에 취하면 술기운에 빠져 판단 능력이 저하되고 이성을 잃게 된다. 그래서 술 취한 사람들이 개차반처럼 구는 것이다.

우리나라는 교통사고율이 세계 3위이다. 이는 교통 후진국을 의미하는데 그 원인 중에 하나가 음주 운전이라고 한다. 음주 운전은 잠재적 살인 행위와도 같다. 음주 운전을 하다 혼자만 죽으면 그만인데 아무 잘못도 없는 사람들에게까지 지울 수 없는 고통을 남긴다.

한 가족이 모처럼 외식을 하러 나왔다가 집으로 돌아가는 길에 음주 운전을 하는 차량이 일으킨 추돌사고로 가족 모두가 사망하는 불행한 일이 발생했다. 너무도 어처구니가 없는 사고였다. 한 사람으로 인해 단란했던 가족이 참혹한 불행의 늪에 영원히 빠지고 말았다. 음주 운전을 한 사람은 만취하여 엄청난 사고를 일으키고도 전혀 모른다고 했다.

음주 운전은 살인무기를 싣고 달리는 것과 같다. 음주 운전은 절대로 해서는 안 된다. 음주 운전은 불행의 씨앗일 뿐이다.

요즘 우리 사회가 연일 시끄럽다. 술에 취해 행인들이 많은 시내 한복판에서 무차별적으로 흉기를 휘둘러대고, 강도짓을 일삼고, 어린아이와 여성들에게 몹쓸 짓을 자행하고 있다. 그래 놓고 하는 말이 술에 취해 있었다고 뻔뻔스럽게 말한다. 술에 취해 이성을 잃은 상태에서 그랬으니 이해를 해 주었으면 좋겠다는 것 아닌가. 어떻게 그처럼 말할 수 있을까. 술에 취해 그랬다는 말은 추호도 이해할 수 없는 변명이다.

음주 운전을 하거나 무고한 사람들에게 작은 피해라도 주면 살인죄에 해당하는 엄한 벌을 내려야 한다. 그렇게 하지 않으면 음주로 인한 사고를 바로잡을 수 없다.

옛 선비들은 한 잔의 술을 마시며 인생을 논하고 학문을 논하며 여유롭게 마심으로써 건강도 챙기고 벗과 우의를 다졌다. 선비들의 음주 문화는 품격 그 자체였다.

술은 기분 좋을 만큼만 마셔야 한다. 그 도를 넘어 남을 불행하게 하고 싶지 않다면, 주도酒道를 제대로 익히고 가르침에 따라야 한다. 그것이야말로 올바른 음주 문화를 실현하는 일이다.

술 마시는 것을 보면 그 사람이 어떤 사람인지를 안다고 했다. 술은 한 사람의 삶과 생각, 철학까지도 알 수 있게 한다. 그런데 술을 마시고 남에게 피해를 준다고 해 보라. 그것은 곧 "나는 형편없는 사람입니다."라고 스스로 고백하는 것과 같다. 과음은 몸에도 안 좋고 불행으로 가는 지름길이다. 기분 좋은 음주 문화를 만들기 위해서는 자신의 주량을 반드시 지켜야 한다.

> **범사에 여러분에게 모본을 보여준 바와 같이**
> **수고하여 약한 사람들을 돕고**
> **또 주 예수께서 친히 말씀하신 바**
> **주는 것이 받는 것보다 복이 있다 하심을**
> **기억하여야 할지니라**
>
> _사도행전 20장 35절

나의 수고와 노력으로 약자를 거두어라

아무리 경제 수준이 높다고 해도 약자를 무시하고, 문화적 인프라가 잘 갖추어지지 않으면 잘사는 나라일 뿐 진정한 선진국이 아니다. 진정한 선진국은 약자가 법적으로 보호받는 나라이다.

우리나라는 세계적으로 유래를 찾아볼 수 없을 만큼 짧은 기간 동안에 경제 성장을 이뤄낸 세계 10대의 경제 대국이다. 문화 수준도 많이 좋아진 편이다. 그 예로 한류 문화 열풍이 미국은 물론 유럽, 아시아, 남미, 아프리카 등 전 세계에 빠르게 퍼져 나가고 있다.

하지만 이런 이면에 아직도 후진국의 구태를 벗지 못하는 것들이 있다. 그것은 바로 약자가 보호받지 못하는 것이다. '유전무죄 무전유죄'라는 말이 있듯 가진 자는 죄를 지어도 죄가 없고, 없는 자는 억울하게 당해도 보호받지 못한다. 가장 기본적인 인권을 보장받지 못한다는 것은 부끄러운 일이 아닐 수 없다.

여기저기서 돌출되고 있는 노사 간의 대립, 빈민촌 사람들이 개발이라는 명분으로 가진 것 없이 쫓겨나고, 용산 참사와 같은 문제가 아직도 곳곳에서 일어나고 있다. 평생을 몸 바쳐 일한 회사에서 버림받고 하루아침에 실직자가 된 사람들, 비정규직만 나날이 늘어가고 있다.

그에 비해 재벌 기업은 온 가족이 계열사에 적은 돈을 투자해 투자액의 수백 퍼센트가 넘는 이익을 얻고 있다. 일말의 양심이라는 게 있다면 어떻게 그럴 수 있는지 아무리 생각하고 생각해 봐도 이해할 수 없다. 법을 개정해서라도 강력하게 대처하여 다시는 하지 못하도록 뿌리를 뽑아버려야 한다. 그렇지 않으면 위화감을 조성하게 되어 불행한 사태가 발생하게 될지도 모른다.

인간은 누구나 존엄한 존재이다. 그런데 가진 자들이 약한 자들을 없다는 이유로 함부로 여긴다. 지금 잘 먹고 잘산다고 해서 영원히 잘 먹고 잘살 수 있는 것은 아니다. 인간이란 자신이 뿌린 대로 거두는 법이다.

약한 자를 도와주어야 한다. 그들이 힘들어할 때 손을 내밀어 잡아 주어야 하고, 배고픈 사람들에게는 먹을 것을 나누어 주고, 눈물을 흘리는 사람들의 눈물을 닦아 주어야 한다. 할 말이 있어도 말하지 못하는 사람들의 말을 귀담아 들어 주어야 한다.

없는 것은 죄가 아니다. 약자라고 해서 인격이 없는 것도 아니다. 우리 사회가 더 나은 사회로 발전하기 위해서는 약자를 무시하지 말고 따뜻하게 대해 주는 사회가 되어야 한다.

약자가 보호받지 못하는 사회는 불행한 사회다. 약자를 무시하는 사람은 가장 비루한 사람이다. 약자는 가진 것이 없을 뿐 인격이 없는 사람이 아니다. 그런 사람들을 업신여긴다는 것은 스스로의 인격을 떨어뜨리는 몰인정한 행위이다. 사람은 누구나 소중하다. 약자에게 손을 내밀어 잡아 줄 때 진정으로 참 행복을 경험하게 될 것이다.

무릇 자기를 높이는 자는 낮아지고
자기를 낮추는 자는 높아지리라

_누가복음 18장 14절

겸손한 사람은 적을 만들지 않는다

독일의 소설가 장 파울은 겸손에 대해 이렇게 말했다.

"항상 겸손한 사람은 남에게 칭찬을 들었을 때에도 행동에 변함이 없다."

백 퍼센트 공감을 주는 말이다. 칭찬을 들었을 때 우쭐하거나 평소와 다르게 행동한다면 그는 겸손한 사람이 아니다. 진정으로 겸손한 사람은 늘 같은 몸가짐을 한다.

영국의 수상을 지낸 모리스 맥밀런은 수상을 그만둔 뒤로 늘 전철을 타고 다녔다고 한다. 얼마든지 고급차를 타고 다닐 수 있었지만 검소한 생활 습관과 겸손함이 몸에 밴 까닭이다.

"겸양하라. 진실로 겸양하라. 그대는 아직 위대하지 못하기 때문이다. 진실한 겸양은 자기완성의 토대이다."

이는 톨스토이가 한 말이다. 겸손함은 자신을 위대하게 만들고 자신의 인격을 완성시키는 기초가 된다는 의미이다. 옳은 말이다. 겸손하지 않은 사람치고 위대한 인물의 반열에 오른 사람은 없다. 간혹 있다고 해도 그는 사람들로부터 가슴 깊이 존경을 받지는 못했다.

그러면 왜 사람들은 겸손한 사람을 좋아하는 걸까.

첫째, 겸손한 사람은 상대방을 불쾌하게 하지 않는다. 언제나 자신을 먼저 낮추기 때문이다.

둘째, 양보를 잘한다. 자신에게 양보하는 사람을 거부할 사람은 없다.

셋째, 예의가 바르다. 예의가 바른 사람은 당연히 좋은 이미지를 준다.

이 세 가지를 갖출 수 있다면 어디를 가든, 누구를 만나든 원만하게 지낼 수 있으므로 소통하는 데 유리하다.

겸손한 사람이 되느냐, 교만한 사람이 되느냐는 전적으로 자신에게 달려 있다. 우리는 항상 몸가짐, 마음가짐을 잘해야 한다. 이를 자기 관리라고 한다. 자기 관리를 잘 하면 매사에 막힘없이 잘해 나갈 수 있음을 기억하라. 겸손한 사람은 적을 만들지 않는다.

"사람의 성품 중에 가장 뿌리 깊은 것은 교만이다. 나는 지금 누구에게나 겸손할 수 있다고 말하는 것도 하나의 교만이다. 자기가 겸손을 의식하는 것은 아직 교만의 뿌리가 남아 있다는 증거이다." 이는 벤저민 프랭클린이 한 말로, 스스로를 칭찬하는 것 또한 교만이라는 것이다. 매사를 자중하고 자제해야 한다. 그렇게 될 때 겸손한 마음가짐, 몸가짐을 갖게 된다.

범사에 감사하라

_ 데살로니가전서 5장 18절

감사한 마음으로 살면 감사한 일이 생긴다

감사하며 산다는 것은 삶에 대한 예의이다. 푸른 하늘 아래에서 사랑하는 이들과 더불어 산다는 것은 참으로 감사하고 행복한 일이다. 또한 자신이 하고 싶은 일을 하며 산다는 것은 고마운 일이다.

이에 대해 어떤 사람들은 말한다.

"감사한 일이 있어야 감사를 하지요. 요즘 같아서는 왜 사나 싶습니다."

이렇게 말한다는 것은 자신의 무지를 스스로 드러내는 것과 같다. 왜 감사한 일이 없단 말인가.

감사한 일을 곰곰이 헤아려 보면 셀 수 없이 많다. 그러나 감사할 줄 모르면 감사한 일을 곁에 두고도 당연하게 생각한다. 감사할 줄 모르는 것은 자신의 삶을 모독하는 일이다.

감사하는 일이 많을수록 더 행복하고 감사하며 살게 된다. 다음 이야기는 감사하며 사는 것이 얼마나 행복하고 다시 감사한 일을 불러들이는 것인지를 잘 보여 준다.

큰 농장을 가지고 있는 농부가 있었다. 그는 큰 부자답지 않게 겸손했고, 늘 감사하며 살았다. 그는 예루살렘 부근에선 가장 자선심이 후한 사람이었다. 그래서 매년 랍비들은 그의 집을 방문했고, 그럴 때마다 그는 아낌없이 후원금을 내놓았다.

그러던 어느 해, 폭풍우가 몰아쳐 과수원이 모두 망가져버리고 가축에게 전염병이 돌아 그가 기르던 양과 소, 말까지 모조리 죽고 말았다.

이 소식을 들은 빚쟁이들이 농부 집으로 몰려들어 그의 재산을 모두 빼앗아 버렸다. 농부에게 남은 재산은 손바닥만 한 토지가 전부였다. 그러나 농부는 자신의 재산은 하나님이 주신 것이고, 그걸 다시 가져가신 거라고 의연하게 생각했다.

"역시 그 농부는 보통 사람들하고는 차원이 달라. 참으로 마음이 넓은 사람이야."

주변 사람들은 농부에 대해 아낌없는 위로를 보내 주었다. 이런 사실을 모르는 랍비들은 여느 해처럼 그를 찾아왔다. 그리고는 달라진 그의 처지를 보고 깜짝 놀라 위로의 말을 건넸다.

　"어떻게 위로의 말씀을 드려야 할지…. 그러나 용기를 잃지 마십시오. 그동안 쌓은 선행의 값을 하나님께서 외면하지 않으실 겁니다."

　"위로해 주셔서 감사합니다. 그동안 나는 랍비들이 학교를 세우거나 성전을 유지할 수 있도록 하고, 가난한 사람, 늙은 사람을 도울 수 있도록 헌금했는데, 올해는 아무것도 줄 수가 없으니 참으로 안타깝군요."

　"아닙니다. 그런 말씀 하지 않으셔도 그 마음 다 압니다."

　랍비는 농부의 진심어린 말에 따스한 위로를 해 주었다.

　"죄송하게 됐습니다. 그러나 그냥 빈손으로 보내지는 않겠습니다. 마지막으로 남아 있는 땅의 절반을 팔아 헌금하고, 남은 절반의 땅을 열심히 경작하여 재산을 불려 나가도록 할 겁니다."

　"이런 상황에서도 마지막 남은 땅의 절반을 후원하시겠다니…. 정말 감사합니다."

　랍비는 농부의 뜻밖의 말에 큰 감동을 하였다. 농부는 나머지 땅에 온 정성을 기울여 농사를 지었다.

　그러던 어느 날 밭갈이 하던 소가 갑자기 쓰러지고 말았다. 흙

투성이가 된 소를 일으키려 애쓰는데 발밑에 뭔가가 보였다. 파보니 엄청난 양의 보물이 묻혀 있었다. 그 보물을 통해 농부는 다시 예전의 농장을 운영하게 되었다.

이듬해 랍비들은 아직도 그 농부가 가난한 생활을 계속하고 있으리라 생각하고, 지난해 작은 땅을 경작하던 곳으로 찾아갔다. 그러나 그곳엔 농부가 없었다.

"그 사람은 예전 자신의 농장으로 갔습니다. 그곳에 가 보세요."

랍비는 이웃 사람들의 말을 듣고 그곳으로 찾아갔다. 놀랍게도 농부는 예전의 큰 농장에서 살고 있었다. 농부는 영문을 모르는 랍비에게 그 이유를 설명해 주었다. 랍비는 그의 이야기를 듣고는 크게 감동하였다.

농부가 다시 재기할 수 있었던 것은 매사에 감사하며 베풀었기 때문이다. 감사한 마음으로 사는 사람만이 남에게 베풀 수 있다. 감사할 줄 모르는 사람은 죽었다 깨어나도 베풀 줄 모른다.

감사하며 사는 사람이 잘되는 건 지극히 당연하다. 감사하며 살면 매사가 즐겁고 기쁨이 넘친다. 그래서 감사하며 살면 감사한 일이 많이 생기는 것이다.

이에 대해 미국의 뉴스 프로그램 진행자이자 《감사의 힘》의 저자인 데보라 노빌은 다음과 같이 말했다.

"매사에 감사하며 사는 사람은 남을 돕는 것, 그 자체를 즐긴다. 세상이 그에게 주는 행복에 대한 감사의 표시이자 보답이 바로 남을 돕는 것이다."

이렇듯 감사하며 산다는 것은 자신을 복되고 영화롭게 하는 일이다. 자신의 진정한 행복을 위해 감사하며 살도록 하라.

데보라 노빌은 "감사의 힘은 스트레스와 분노의 파괴적 위력으로부터 우리를 지켜 주며, 우리를 깎아내리려는 사람들로부터도 보호해 준다."라고 말했다. 그렇다. 감 사하며 살면 긍정적인 에너지가 넘쳐난다. 그래서 자신감이 넘치게 되고, 즐거운 마음으로 생활하게 된다. 긍정적으로 즐겁게 사니 스트레스를 날려버리게 되고 분 노도 절제하게 되는 것이다. 매사에 감사하고 또 감사하라.

너희 염려를 다 주께 맡기라
이는 그가 너희를 돌보심이라

_ 베드로전서 5장 7절

걱정이란 사슬에 매이지 않고 벗어나는 법

사람에게 백해무익한 것이 있다면 첫째, 쓸데없이 걱정하는 것, 둘째, 과욕을 부리는 것, 셋째, 교만을 부리는 것, 넷째, 분쟁을 일으키는 것, 다섯째, 쓸데없이 타인을 비난하는 것, 여섯째, 남 앞에서 자신을 부풀리며 허세를 부리는 것이다.

이런 것들은 하등에 도움을 주지 않는다. 오히려 자신의 앞길을 망치는 삶의 불협화음 같은 것들이다.

현대인들은 대개 불안감을 안고 살아가고 있다. 직장에서 잘리지는 않을까, 취직 시험에 합격할 수 있을까, 대학에 합격할 수 있을까, 새롭게 하는 일이 잘 안 되면 어떡할까 등 일어나지도 않은 일을 갖고 미리부터 불안해하며 걱정한다. 걱정은 그 사람의 능력을 소모시키고, 불안감에 빠지게 하는 인생의 늪과 같은 것이다. 그렇기 때문에 걱정은 백해무익하다. 걱정하는 대신 잘될 거라는 긍정적인 생각을 가져야 한다.

강연자이자 자기계발전문가인 노만 빈센트 필 박사는 〈걱정을 몰아내는 10가지 방법〉에 대해 다음과 같이 제시했다.

1. 걱정은 매우 위험한 마음의 습관이다. 나는 어떤 습관도 변화시킬 수 있다고 자신에게 다짐하라.

2. 사람들은 걱정을 함으로써 걱정의 노예가 된다. 독실한 신앙의 습관을 들여라. 그렇게 될 때 걱정으로부터 벗어날 수 있다. 모든 힘과 의지를 다해 신앙의 습관을 실천하라.

3. 매일 아침 잠자리에서 일어나 "나는 나를 믿는다."라는 말을 세 번씩 소리 내어 외쳐라.

4. 오늘 하루를, 내 생명을, 내가 사랑하는 사람을, 나의 일을 신의 손에 맡겨라. 신의 손엔 악함이 없다. 신의 손엔 선함뿐이다. 어떤 일이 일어난다고 해도, 어떻게 되더라도 내가 신의 손 안에 있다고 생각하며 그 무엇도 두려워하지 마라.

5. 소극적으로 말하지 말고 적극적으로 말하라. 항상 적극적인 행동과 긍정적인 말만 하라. 그 어떤 일도 적극적으로 행

하라. "오늘은 재수 없는 날이 될 것 같다."는 말 대신 "오늘은 즐거운 날이 될 것이다."라고 말하라.

6. 대충대충 말하고 일하지 마라. 비판적인 말이나 행동을 하지 마라. 압박감을 주는 분위기를 조성하지 말고 희망과 행복을 느끼도록 말하고 행동하라.

7. 걱정이 많은 사람의 마음은 우울함, 패배감, 부정적인 생각으로 꽉 차 있다. 이것을 마음으로부터 몰아내고 행복과 희망적이고 긍정적인 생각으로 가득 채워라.

8. 희망으로 가득 찬 사람과 교류하라. 창조적이고 낙관적인 사람과 소통하라. 긍정적이고 능동적으로 행동하라. 그리고 그런 사람을 자신의 곁에 두어라.

9. 걱정으로 힘들어하는 사람을 도와주라. 남을 도와줌으로 그 걱정에서 해방될 수 있음을 믿어라. 남을 도와주다 보면 자신의 마음에도 용기와 희망이 싹틀 것이다.

10. 매일 자신이 예수 그리스도의 협력자가 되어 살아간다고 생각하라. 그리고 예수 그리스도께서 자신의 곁에서 함께한다고 믿어라. 모든 것은 믿는 대로 된다는 것을 믿어라.

걱정을 몰아내는 10가지의 내용을 보면 긍정의 에너지가 넘친다. 긍정의 에너지가 강하면 부정적인 생각이 침투하지 못한다. 그러나 긍정의 에너지가 약하면 부정적인 생각의 노예가 되어 매사를 걱정하며 살게 된다.

이처럼 걱정은 인생을 살아가는 데 있어 해충과 같은 것이다. 해충을 박멸하듯 걱정이란 '인생의 해충'을 마음으로부터 몰아내라.

걱정이란 짐승을 안고 산다면 걱정의 사슬에서 벗어날 수 없다. 걱정은 인생을 살아가는 데 전혀 도움이 안 되는 불필요한 생각일 뿐이다. 매사를 긍정적으로 생각하고 능동적으로 행동하라.

너희 중에 고난 당하는 자가 있느냐
그는 기도할 것이요
즐거워하는 자가 있느냐
그는 찬송할지니라

_ 야고보서 5장 13절

고난과 즐거움은 늘 공존하는 인생의 벗이다

살다 보면 누구나 한두 번은 고난이라는 '강'을 건너야 할 때가 있다. 고난을 겪지 않고 살아가면 좋겠지만, 생각대로 되어지지 않는 게 인생이다. 그렇게 본다면 고난은 자연스러운 현상이라고 할 수 있다.

문제는 고난을 대하는 사람들의 태도에 있다. 어떤 사람은 고난을 대수롭지 않게 여기며 자신이 하는 일에 매진한다. 그리고 끝내는 자신이 원하는 것을 손에 넣는다.

그러나 어떤 사람은 고난을 만나면 금방이라도 잘못되는 것처럼 어쩔 줄을 몰라 한다. 그러다 보니 고난의 기세에 눌려 충분히 할 수 있는 것도 놓치고 만다.

어떤 소년이 있었다. 그림 그리는 것을 너무도 좋아하였지만 집이 가난해 변변한 그림 도구 하나 없었다. 신발조차 살 수 없어 맨발로 걸어 다녔다. 지독한 가난은 소년에게는 참기 힘든 고난이었다.

그러나 소년은 가난이란 고난 앞에 무릎 꿇지 않고 최선을 다했다. 그의 그림 실력은 나날이 늘었고 많은 사람들이 그의 그림을 보고 감탄하였다.

"이게 정녕 사람이 그린 거란 말인가?"

"놀라운 일이야. 보고도 믿을 수가 없어."

사람들은 신의 경지에 이른 그림이라고 했지만 그는 만족하지 않고 더욱 노력한 끝에 세계 미술사와 건축사에 길이 남는 화가이자 조각가이며 건축가가 되었다. 바로 미켈란젤로이다.

그가 가난이라는 고난을 이겨낼 수 있었던 것은 불굴의 의지와 신념이었다. 그는 고난 중에 기도하며 즐거움을 잃지 않기 위해 노력했던 것이다. 고난은 미켈란젤로에게 고통이 아니라 희망을 일구는 씨앗이었다.

하나님은 고난을 겁내지 말고 기도하라고 하셨다. 기도는 마음에 평안을 주고 용기를 주기 때문이다. 그리고 즐거울 땐 찬송을 부르라고 하셨다. 찬송을 부르면 마음이 맑아지고 즐거워진다.

하지만 대개의 사람들은 고난을 만나면 술에 의지하려고 하고, 약에 의존하려고 한다. 이는 고난을 해결하는 데 하등의 도움을 주지 못한다. 오히려 몸을 축나게 해 건강을 잃게 한다.

미국의 시인이자 사상가인 랠프 왈도 에머슨은 말했다.

"상처 입은 굴이 진주를 만든다."

에머슨의 말처럼 어떤 고난과 시련에도 굴복하지 않는다면 진주처럼 빛나는 인생으로 살아가게 될 것이다. 고난과 즐거움은 늘 공존하는 인생의 벗임을 잊지 마라.

인생에는 고난과 즐거움이 늘 공존한다.
만일 인생에 고난만 있다면 미래를 향해 나아가는 게 무척 힘들 것이다.
그러나 즐거움도 있는 게 인생이다.
고난이 오면 굴복하지 말고 기도하며 맞서라.
그리고 즐거울 땐 찬송을 부르라.
삶은 고난과 즐거움이 만드는 인생의 하모니이다.

나를 돌아볼 수 있었던
의미 있고 겸허한 시간

평소에 주옥같은 성경 말씀을 가려 뽑아 거기에 맞는 다양한 스토리를 넣어 글을 쓰고 싶었다. 이는 새로운 시도라는 점에서 신선하고, 또 나아가 하나님을 마음에 모시고 사는 사람으로서 비록 부족하지만 이 책을 통해 성경의 귀한 말씀을 많은 이들이 접할 수 있게 도움을 주고 싶었다.

성경을 읽으면서 한 구절 또는 두세 구절씩 가려 뽑았다. 가려 뽑고 나니 새로운 기운이 감돌았다. 기분 좋은 마음으로 성경 말씀에 맞는 이야기들을 넣어 쓰기 시작했다. 일반 글을 쓸 때와는 달리 엄숙하고 경건한 마음이 들었다. 나는 기도하는 마음으로 한 편 한 편 채워나갔다. 이 책을 많은 사람들이 접할 수 있었으면 좋겠다는 바람으로, 그래서 자아를 계발함은 물론 믿음을 키울 수 있었으면 하고 말이다.

글 쓰는 일은 작가에게는 종교와도 같고 신념과도 같다. 더구나 이 책은 더욱 그렇다는 느낌이 들었다. 그래서 기쁘게 쓸 수 있었지만 한편으로는 엄숙하고 진지했다.

이 글을 쓰면서 지난날 꿈과 열정으로 가득 찼던 20대 시절의 나를 돌아볼 수 있어 의미 있었다. 또 지금의 나를 점검해 볼 수 있는 엄숙하고 겸허한 시간이기도 했다.

내가 그러했듯이 이 책을 대하는 모든 이들의 가슴에도 꿈과 열정, 믿음과 소망이 넘쳐났으면 좋겠다. 그래서 모두가 행복하고 진실하게 잘 살아가길 바란다.

내 인생을 빛이 되게 하는
성경 명언

초판 1쇄 발행 2021년 4월 9일
초판 2쇄 발행 2023년 2월 27일

지은이 | 김자
펴낸이 | 임종관
펴낸곳 | 미래북
편   집 | 음정미
본문 디자인 | 디자인 [연:우]
등록 | 제 302-2003-000026호
본사 | 서울특별시 용산구 효창원로 64길 43-6 (효창동 4층)
영업부 | 경기도 고양시 덕양구 삼원로73 고양원흥 한일 윈스타 1405호
전화 02)738-1227(대) | 팩스 02)738-1228
이메일 miraebook@hotmail.com

ISBN 979-11-88794-83-6   (03800)